A CASA das MARIONETES

A CASA das MARIONETES
Santana Filho

Primeira reimpressão

Copyright © 2015 Santana Filho
A casa das marionetes © Editora Reformatório

Editores
Marcelo Nocelli
Rennan Martens

Revisão
Marina Ruivo
Tuca Mello

Fotos de capa e interna
Chrystian Figueiredo
www.cfigueiredo.com

Design e editoração eletrônica
Negrito Produção Editorial

Dados Internacionais de Catalogação na Publicação (CIP)
Bibliotecária Juliana Farias Motta (CRB 7-5880)

Santana Filho, José 1958-
A casa das marionetes / Santana Filho. – São Paulo: Reformatório, 2015.
240 p.; 14 x 21 cm.

ISBN 978-85-66887-17-4

1. Literatura brasileira. 2. Romance brasileiro. 3. Ficção brasileira.
I. Título.
S232c   CDD B869.3

Índice para catálogo sistemático:
1. Literatura brasileira 2. Romance brasileiro 3. Ficção brasileira

Todos os direitos desta edição reservados à:

EDITORA REFORMATÓRIO
www.reformatorio.com.br

> "Ai, vindes outra vez, inquietas sombras."
> GOETHE, no prefácio de *Fausto*

O meu nome é tecido numa tal oficina de genes e memórias que, quando chega à polpa do dedo para as digitais, não é a mim, mas a uma trama de surpreendentes fios que ele se refere.

O meu nome é nós.

Almoçava-se às oito em ponto, quando se chegava das homilias e dos banhos de incenso: arroz de leite, carne de sol quarada no varal e as beberagens na moringa de barro sobre a mesa. Todas as coisas tinham os seus compartimentos e a vida escorria feito olho d'água assoviando no meio das pedras. Os dentes de leite no telhado da casa, os calçados desemborcados, as linhas das mãos esclarecidas pelas feiticeiras de passagem. A gente chocava dentro do ovo redondo e preciso.

Mas num dia de esfogueado sol, o ovo explodiu a casca e aconteceu de escorrer gema por entre os dedos todos.

O castelo

Para demonstrar que a nossa família sempre foi dura de morrer, tia Dália me contou que sua bisavó, há dias agonizando no quarto, esteve com a vela na mão inúmeras vezes e não morria. Chamavam o padre para dar a extrema-unção, e por mais tarde que fosse, dia, noite ou madrugada, ele chegava afobado, abençoando, borrifando a todos com a água-benta, e quando estava pelo meio da reza, de pé ao lado da cama, ela começava a acompanhar as orações lá de dentro do lençol, a entoar as cantigas e responder as incelenças com a melodia rascante da voz. Fazia-se grande burburinho pelos corredores da casa, numa alegria viva de ressurreição ou de encantamento diante de uma pomba depenada que subitamente levantasse voo, e iam descobrindo os santos, abrindo as janelas, beijavam a cabeça das crianças e corriam com as panelas ao fogo para engrossar o caldo de mocotó.

    O caldo de mocotó não podia faltar naquelas noites de vigília e fome, nem nas outras que vieram depois de anos, décadas, enquanto estive menino e frequentei a mesma casa de portas altíssimas dando sempre para corredores infinitos e janelas de um verde austero que, quando abertas, perdiam qualquer austeridade, oferecendo passagem para um sol brincalhão e vivaz invadir e resplandecer as madeiras do piso, fazendo vibrar a porcelana japonesa sobre a petisqueira de imbuia no centro da parede entre as portas dos quartos, despertando cores pela casa toda, realçando o brilho dos cristais, estalactites despencando do lustre sobre a mesa de jantar. O mesmo sol de recreios seguia revelando os matizes dos ladrilhos da cozinha, erguendo sombra até para os pezinhos delgados, os passeios de Andradina, a galinha que minha bisavó Lama criava sempre à vista, nunca restringida pelos limites do quintal, à vontade nos saracoteios pelos cômodos internos. Resgatada do galinheiro onde as outras atravessavam a noite, Andradina se refestelava na companhia da bisavó, na cama, a maior parte do tempo, ou na rede, quando o calor se tornava demasiado, calcinando as horas.

É dessas noites quentes que lembro melhor porque, embora habituados ao calor, nos impacientávamos com a ausência do vento, a quietude das folhas nas árvores, o silêncio das corujas. Ao peso daqueles calores nossos corpos de menino respondiam com uma excitação menos comum nas noites aprazíveis de tempo, então ganhávamos as calçadas, as ruas ainda de barro ou lama, dependendo da porfia entre sol e chuva, o pique-esconde em esconderijos secretos e correrias das pernas, e depois, escondidos dos adultos, esbarrávamos sob o poste de luz exibindo o pescoço para ver em qual deles a combinação de suor e poeira havia deixado o colar de sujeira mais expressivo.

Túlia, a irmã caçula, ganhava sempre porque era a mais rechonchuda e ao pó bastava preencher os sulcos que lhe cruzavam o pescoço, mistura de azedume e dulçor, igualzinho ao odor do leite das vacas lá do Céu Azul, o sítio na saída da cidade, no lado oposto ao rio. O leite tomado ainda mugido, no próprio curral, na caneca de alumínio, à revelia da mãe que só o admitia fervido, borbulhando ao fogo do papeiro até esturricar todos os micróbios, mas com a aquiescência da vó Ciana: "Tua mãe é metida a saber de tudo, mas não sabe de nada. A fervura tira a potência do leite". Devia ser verdade, porque eu, que não gostava de leite mugido, da espuma, do azedo, apenas do programa de ir ao curral e acompanhar a ordenha, sempre fui franzino e mofino, ao contrário de Túlia e Edmundo, arrotando saúde e vigor desde sempre.

Naqueles dias de férias na casa da avó, era a tia Dália quem ia ao açougue escolher o mocotó, acompanhada de um de nós, os meninos. Ela examinava as peças com olhos de lupa, sem jamais tocá-las, solicitando a Ditinho, o magarefe, que as virasse para lá e cá, e novamente, e outra vez, e elevasse as postas diante de seus olhos para conferir o tamanho, a silhueta, a integridade dos ossos e a espessura das patas. Fazia a inspeção sem pronunciar qualquer palavra, comunicando-se através de muxoxos de boca, movimentos de cabeça, circunvoluções do indicador, em tudo compreendida pelo magarefe, o qual, dizíamos nós, agachados à beira do riacho da Mumbuca, passando capim entre os dentes, era maluco por ela.

Tia Dália não permitia esse tipo de brincadeira, nem outros tipos, porque orgulhava-se de ter a língua guardada dentro da boca. Apenas para alguns, poucos mesmo, consentia a visão dos dentes muito alvos emparedados por lábios nada sanguíneos. Esses poucos éramos nós, as crianças, únicas criaturas, além das freiras do Externato Sagrado Coração, credenciadas a desfrutar de sua intimidade. Nesses momentos, mergulhávamos no rio que separa os dois estados, onde ela entrava vestida na combinação preta depois de desfazer o coque e soltar os cabelos, que escorriam pelas costas ondulando-se em liberdades. Unicamente nas noites em que a lua era cheia o bastante para nos proteger da escuridão total, sem chegar, no entanto, ao plenilúnio, devassador de miudezas. Então, podia acontecer de ela rir de gargalhar ao se passar por jacaré, mordendo-nos as pernas por baixo d'água, ou arremedar as piabas com a sinuosidade do corpo submerso, mas ao alcance dos nossos olhos na transparência da água, ou ainda, para meu encantamento, soltar a voz de Iara, conhecida apenas por nós, cantando, sentada na pedra, onde durante o dia as mulheres lavavam as roupas enquanto acompanhavam o movimento das pequenas embarcações. Torcendo as pontas do cabelo molhado, a cabeça levemente pendida, fazendo da pedra a vitória-régia onde recostar, cantava cantigas sempre tristes de amores desfeitos, viagens sem volta, abandonos, órfãos, marinheiros e luas. Chorava ela e chorava eu, enquanto Túlia se entretinha com as pererecas saracoteando às margens do rio e os meninos disfarçavam a pândega que a cantoria suscitava. Se, por um momento, tia Dália percebesse o menor sinal de deboche ou desatenção, encerrava o concerto em cima da hora e subia a pequena ladeira, vestindo a roupa pelo caminho, pisando duro no chão, praguejando com uma voz que em nada lembrava a Iara de há pouco, feito pássaro que se eriça. Apenas a Túlia era facultado o desinteresse, porque Túlia ainda estava na primeira infância e era menina. Para tia Dália pouco se lhe dava a impressão que causava nas mulheres. Aos homens se dirigia com recato e olhos baixos, voltando-os para o rosto do interlocutor apenas de quando em quando, sem, contudo, sustentar o olhar. Nessas ocasiões, as de cruzar com algum conhecido na rua, apertava a mão da primeira criança por perto, geralmente eu, que apreciava sua companhia e o odor meio acre, meio barro, emanado do vestido invariavelmente preto, ou dos outros panos usados por dentro dele, anágua, combinação, corpete e o algodão das calcinhas. Eu gostava, cá debaixo, de levantar a cabeça e acompanhar este saracoteio de olhos durante os cumprimentos, tendo desenvolvido um complicado sistema para adivinhar o momento preciso em que ela desviaria os olhos do chão, dos sapatos ou das redondezas e encararia o outro. Julgava o tempo que ela dispendia na troca de olhares o oposto do seu interesse, levando-me à certeza de algum envolvimento com Ditinho, o magarefe, porque ela não o fixava por mais de dois ou três segundos. Cheguei a flagrar, num desses encontros, um cataclismo de olhos dentro das órbitas, semelhante às crises epilépticas de Praga de Vó, o filho daquela mãe excomungada quando ainda o carregava na barriga muitos anos atrás.

Se íamos nos deitar, e eu percebia que apenas nós dois continuávamos acordados, vinha a vontade de especular a respeito dos afetos mantidos à rédea curta, levando-me a dar voltas ao mundo, com a voz na garganta para não despertar ninguém, nem assustá-la com essas impertinências, até chegar onde pretendia. Tia Dália fingia não entender o que eu estava querendo saber e desviava o assunto chamando-me atenção para algum movimento no quarto, muitas vezes o passeio silencioso das lagartixas pelas paredes em movimentos repentinos e elétricos, sempre à procura ou em fuga. Ela as conhecia uma a uma pelo nome com o qual as batizara, havendo noites em que não adormecia antes de ver chegar esta ou aquela retardatária, atrasada para o horário em que costumava aparecer. A tia discutia com ela, enérgica, ou solicitava explicações numa doçura súbita, tentando se aproximar, e a cena sempre terminava na deserção da lagartixa para o lugar no escuro do mundo onde elas vivem quando não estão deslizando pelas paredes naquela existência vertical.

A fim de arejar a casa, evitaram desde sempre forração no teto. A gente podia, se quisesse, apreciar cada um da sua cama as acrobacias dos morcegos pendurados nas ripas e nos caibros ou acompanhar a diligência noturna dos ratos. O mesmo se podia fazer a partir das redes, porque não faltavam ganchos para armá-las, espalhados por todos os cômodos, desde as salas de entrada até o caramanchão do quintal, e se chovia à noite, enquanto estávamos deitados, mantínhamos os olhos abertos e o corpo fora do lençol para quem sabe ser atingido pelos respingos ou por uma gota de boa pontaria que a ausência de forro permitia escorrer do telhado.

Essa disposição de quartos contíguos, com portas entre eles e sem forração, tornava-nos vulneráveis aos ruídos dos demais, sem que isso configurasse qualquer constrangimento. Naquela época, nossa experiência de privacidade era bem diferente, e qualquer manifestação contrária seria criticada com severidade, porque se acreditava na uniformidade do sangue. Minha avó não perdia a oportunidade de repetir que uma família não cresce sem seus elementos e estes elementos devem refletir os acordes consonantes de um mesmo e único instrumento musical.

Quando vim a perceber pessoas mal-humoradas ao despertar pela manhã, estava morando na capital, preparava-me para concluir o segundo grau, trabalhava no primeiro emprego, e já não usufruía, eu mesmo, daquele bom humor familiar.

Na casa dos meus pais ou na casa de minha avó, onde a consanguinidade era a lei, não se cogitavam essas peculiaridades. Amanhecíamos dentro das características de personalidade de cada um, que não excediam, de fato, a personalidade familial, em nada influenciável pelos ponteiros do relógio no correr do dia, por mudanças climáticas repentinas ou manifestações extravagantes de DNA.

Grandes ou pequenos, ensolarados ou à meia-luz, éramos todos compartimentos da mesma casa e existíamos sob a cobertura de um único teto.

A casa dos meus avós ocupava uma esquina quase no final da rua e se distinguia mais pela quantidade de cômodos do que pela ornamentação ou outras preocupações meramente estéticas, mantendo-se formal nos contornos de perfis precisos e austera no tom verde-musgo das portas e de tantas janelas. Havia ali qualquer coisa de hibridismo de pedra do reino com madeira da terra, de espaços quase lúgubres com corredores iluminados, de cerimonial aristocrático com a informalidade das aldeias, e certa alegria a permear tudo, como transportada por algum pássaro jovem que muito raramente deixasse de bater as asas e esbarrasse para descansar. Aos meus olhos a casa se edificava entre a agitação das coxias e a eloquência dos espetáculos exibidos em cena aberta, descerradas as cortinas da formalidade.

Esta realidade, em tudo fantasia, espraiava-se pela rua — ou era de lá derivada — no mesmo teatro barroco do casario antigo, nas duas igrejas nos lados opostos da cidade e os seus campanários, no convento das freiras do Sagrado Coração, na pequena cadeia pintada de azul-celeste, na Loja Maçônica, onde se alimentava um bode preto, jamais visto por quem não pertencesse à Ordem, na ladeira da esquina de casa. Vencida a Estrada da Boiada, a ladeira ia dar no apeadouro, logradouros que, apenas ao ter citados os nomes, evocavam-me mundos feéricos e magníficos.

Apenas nas janelas voltadas para a Ladeira da Boiada havia balcões. Cinco janelas guarnecidas de balcões protegidos por gradis de madeira. A última, dando para o quarto dos meus avós, se diferenciava porque era em vidro com caixilho de madeira e veneziana. Olhando para ela, estando do lado de lá da ladeira, ocorriam-me torres de castelos, platibandas ou masmorras, e eu delirava minha avó espiando tempestades na madrugada, vestindo o penhoar cor de pérola, por detrás da cortina enfunada, açoitadas, ela e a cortina branca, pela ventania.

A fachada, voltada para a Rua das Étoiles, ficava rente à calçada, sem recuo. A porta principal, com trabalhos de marchetaria desgastados, estava ladeada por outras duas portas, raramente abertas, e quatro janelas. As janelas sem balcão desfrutavam a tranquilidade de cílios cerrados, se fechadas, ou a vivacidade de olhos acesos, quando abertas, acolhendo a rua e os seus caminhares. Houve uma época em que uma das portas dava para a saleta onde meu bisavô apresentava o teatro das marionetes. Ele mesmo acionava os cordéis, para encantamento da bisavó Lama que, diziam, divertia-se mais do que as crianças e não se cansava de assistir às apresentações. De vez em quando a vó Ciana permitia que eu segurasse nas mãos esses bonecos, quando ela os tirava da arca de couro para limpá-los ou simplesmente olhar para eles. Uma vez limpos e conferidos, deitava cada um na palma da mão aberta e os devolvia ao lugar, desviando minha atenção para alguma outra atividade. Eu não insistia. A presença daqueles fantoches, embora trancados dentro da arca e quase inacessíveis para mim, fazia-me a companhia dos sentimentos reconfortantes se por algum motivo acontecia de eu entristecer, resfriar ou sofrer desamparo.

No cômodo ao lado, onde agora funcionava o quarto de costura, o bisavô acondicionava os rolos de fumo e se ocupava da coleção de charutos e dos bonecos de porcelana. Tudo, bonecos das marionetes, bonecos de porcelana e charutos, importados de vários cantos do mundo, cuja carga ele ia pessoalmente receber no porto marítimo da capital. Ali, permanecia por um tempo além do necessário para o que tinha ido fazer, enfurnado nos salões do cais do porto às voltas com marinheiros, aguardentes e prostitutas, evocando os mundos do outro lado do oceano, onde jamais chegaria, mas de onde aportavam os bonecos transportando as novidades, os aromas e as essências dos países de embarque. Houve um ano em que, encantado com uma bailarina tailandesa, e alongando a temporada no cais, ele quase perde o batismo dos penitentes, a romaria dos homens que na Sexta-Feira da Paixão partiam do cemitério, em procissão, enrolados em lençóis brancos, com o dorso nu, os pés descalços e candeias nas mãos, recitando benditos e exortando os pecados com palavras de fúria. Os participantes se desnortearam com o atraso porque era ele quem carregava a cruz e possuía a voz mais encorpada para gritar as bravatas contra o demônio pelo meio das ruas. Pouco depois do horário esperado, para alívio geral, o bisavô chegou, praguejando contra a dificuldade de locomoção entre a capital e o interior, a falta de manutenção das estradas e a precariedade do caminhão que Jesuíno Enforcado havia adaptado para o transporte de cargas e pessoas.

Dos bonecos de porcelana poucos sobraram, discretamente subtraídos por Leontina, a menina que perdera toda a família em uma enchente da trizidela, após dar como certo o parentesco entre ela e as criaturas igualmente miúdas, de formas arredondadas, bochechas vermelhas e ancas largas, recolhidas, uma a uma, na tentativa de reconstruir, em porcelana, a família devastada pela enxurrada. Leontina frequentava a casa, cedida pelo dono do pequeno parque de diversões, seu padrinho Viriato, para fazer companhia à tia Dália. Durante um período da infância, a tia aceitava apenas a companhia dessa menina, ao lado de quem se sentia à vontade para os silêncios e os campeonatos de faquir, que se constituíam em jejuar, deitar no chão, fechar os olhos, e assim permanecer, guardadas em si, ausentes do mundo, feito dois jabutis recolhidos à casca, um ao lado do outro.

Na passarela desta Rua das Étoiles, que, longe das estrelas deste nome francês, a maioria dos habitantes achava aludir a alguma antiga família de engenho, desfilavam as festividades escolares do 7 de Setembro, os festejos do Divino, a procissão do Senhor Morto e as brincadeiras do

Boi nas festas juninas. Aqui, acompanhávamos o Capitão, Mateus e Catirina às voltas com a caçada à língua do boi, deslumbrados com as vestimentas de cetim brilhantes conferindo nebulosas aos corpos, e nos divertíamos com os chapéus redondos, de onde pendiam fitas coloridas, tudo ao som das matracas, zabumbas e dos pandeiros que vibravam nas mãos dos tocadores.

Eu, porém, apreciava mais que tudo as Festas de Reis, quando os brincantes invadiam a casa com a bandeira na mão para ser beijada por minha avó, ou pelo avô, em sua época, passando essa bandeira de pano reluzente pelas camas dos quartos, distribuindo bênçãos, deslizando sobre as redes armadas, sem que os músicos parassem um instante de tocar a flauta, o tambor e o reco-reco. Os palhaços brincavam entre si, e aos seus pés jogávamos moedas para incentivá-los a dançar mais e mais, estimulando a todos que também as jogassem, aumentando os donativos. Os componentes saudavam minha avó, e ela retribuía com palmas cadenciadas, bolo de fubá, cuxá de gergelim e tantas iguarias preparadas por Tiana desde o dia anterior, cachaça do barril, prendas recolhidas de véspera, estalinhos de São João atirados no assoalho, produzindo ruídos fosforescentes. Depois, todos menos a avó, que apenas acenava da calçada, os seguíamos até a próxima esquina ou talvez a outra, reverenciando a bandeira sempre à frente, embalados pela cadência dos instrumentos musicais. Da mesma forma que no bendito dos penitentes na Sexta-Feira da Paixão, eram todos homens, os integrantes, porque os Reis Magos não levaram as mulheres quando foram homenagear o Menino na manjedoura. Aquela alegria entrava pela noite, ecoando ainda ao longe, acendendo a pequena cidade, fazendo vibrar as pedras do chão, retornando em todos os sonhos que durante o sono me acometessem.

Desta casa, em minha imaginação eu via a outra de lá, na cidade em que morava com meus pais e os irmãos, onde cumpria papéis e executava as funções necessárias para a manutenção dos estatutos domésticos. Passei a desenvolver, a cada temporada de férias, a percepção de que apenas a ficção é real. Só pode existir realidade se existir organismo, e o organismo se expressa unicamente nos momentos de devaneio, nos sustos descuidados e na aceitação do mistério, quando se consegue ludibriar a razão, os vícios de pensar, a técnica e os ensinamentos viciados.

As tias de porcelana

Chovera chuva miúda e persistente durante todo o dia. No final da tarde aproveitei o momento em que se avolumaram as águas antes do anoitecer para me pôr embaixo da calha e receber o banho de cachoeira gelada, esfregando-me na excitação do frio. Vi, através do embaçado do olho, o perfil de tia Dália emoldurado pela janela aberta do quarto, numa postura equilibrada entre concentração e alheamento. Saí debaixo da confusão de água e barulho sobre a cabeça, enxuguei os cílios molhados e a vi colocando as tiras pretas de papel sobre a língua discretamente exposta, numa solenidade de ofícios, elevando, na sequência, os olhos para além da chuva no quintal, sem se deter em nada que não fosse o sem-fim da tarde.

Já escutara comentários na família a respeito de mais essa esquisitice, contudo não compreendia bem, não sabia ao certo do que falavam entre portas e travessas. Agora, ela estava a poucos passos de mim, arrancando as letras das manchetes do jornal aberto sobre a cômoda, recortando uma a uma com a tesourinha de Tiana, colocando as tiras na língua com a ponta dos dedos, deixando-as ali por algum tempo até se desfazerem, como fazia com as hóstias na igreja. Fiquei maravilhado. Não bastasse vestir-se de preto do sapato ao véu, no caso de haver missa, passando pelo terço de pérolas igualmente pretas, agora essa de lambuzar-se de negro, tingindo os órgãos internos do corpo comprido e delgado, num preciosismo cativante. Percebi, nesse ritual, absoluta ciência de suas crenças. Reconheci em tia Dália a mesma revolucionária das histórias contadas por meu pai ao nos botar para dormir, roubando-me o sono. Com que eloquência e responsabilidade essa tia alimentava as convicções, mesmo em silêncio clandestino, não tendo com quem dividir o peso dos compromissos, índia solitária de uma tribo onde não aportara ninguém. Senti-me convocado. Fui tomado por um sentimento que hoje chamo de cumplicidade, mas na época percebi como pena, compaixão, talvez. A pena, não do procedimento em si, a execução do ritual, mas da solidão e clandestinidade na qual era exercido. Minha tia não devia se ressentir de nada disso, sempre à vontade com os silêncios, contudo eu acreditava em partidos, sociedades, regimentos e agremiações.

Por esses tempos, ainda não alcançara tia Inácia. Ao contrário de tia Dália, a caçula, tia Inácia não tinha o menor interesse por crianças, a quem, quando de bom humor, solicitava que crescessem rapidamente, porque a infância não passava de uma amolação para todas as partes envolvidas. Além disso, estava sempre de passagem pela casa de minha avó, ave de arribação. Morava na capital, trabalhava para órgãos do governo e vivia em viagens, alternando ônibus, automóveis, cruzeiros e voos, alguns deles internacionais, o que lhe creditava importância e autoridade. Dizia-se que estivera na Índia por mais de uma vez, país àquela altura visitado só por quem tivesse aspirações místicas inusitadas, expectativas de vida alternativa ou interesses de negócios. Durante um período passou a cumprimentar as pessoas com as mãos postas à frente dos seios, acompanhadas de discreta genuflexão e ligeiras expressões, para mim incompreensíveis, porém denotativas de algum referendo, fosse lá o que aquilo quisesse dizer e em qual idioma. Acreditava-se que tivesse conhecimento de línguas estrangeiras, considerando-se as palavras desconhecidas nos subscritos dos envelopes e nas encomendas recebidas do exterior. Era a única moradora da casa a receber correspondências para cuja entrega se solicitava algum tipo de documento de identidade e assinatura às vistas do carteiro. Após o procedimento ela dizia: *merci*, devolvendo ao carteiro o controle do correio, ou *merci beaucoup*, se os selos e demais enunciados da correspondência anunciassem notícias de fato alvissareiras.

Nem todos os comentários a respeito dessa tia viajada, porém, eram de bom ensejo. Muitas vezes estiquei as orelhas para escutar coisas como: "As sandices da filha de dona Emerenciana, coitada da mãe", ou "Essa veio para enlamear o nome da família e fazer a mãe engolir a língua. A língua, o cipó do corpo, esconjuro!". Mesmo dentro de casa, os assuntos confidenciados à boca miúda nem sempre se compatibilizavam com as trocas de gentileza pelos corredores ou à mesa de jantar, especialmente se das viagens ao redor do mundo desembarcassem presentes, *souvenirs* e moedas locais, oferecidos em envelopes coloridos com os mais variados logotipos.

Eu tinha ficado cabreiro com tia Inácia, em outras férias de julho, depois que ela se juntou a nós, embaixo do poste de luz onde contávamos histórias, decidindo participar da brincadeira. Isto nunca havia acontecido. Como dona Vitalina acabara de contar a história da mulher que, por dar olhos à curiosidade, transformara-se em estátua de sal, a tia achou por bem manter o tema bíblico e apresentou sua versão do Paraíso, com pitadas de uma mitologia para mim desconhecida: "Inveja era o nome de uma bruxa, filha da Noite, frequentadora dos imensos jardins do Éden, no Paraíso. Tinha a cabeça povoada de serpentes, olhos vesgos, esbugalhados, e da testa jorravam lavas de fogo feito chamas de vulcão". Retorceu os dedos frente à testa e olhou para onde eu estava. "Carregava víboras nas mãos, a maior delas roendo-lhe ambos os seios", foi transformando os dedos das mãos em patas de caranguejos debatendo-se na água fervente do caldeirão. "Tanto ela fez, tanto insistiu, que um belo rapaz chamado Caim, apaixonado por ela, esfaqueou o irmão, de nome Abel, deixando Eva, a mãe, lavando as roupas ensanguentadas do filho assassinado, numa pedra coberta de limo, igualzinha àquela do rio, onde Tiana lava as roupas da casa." Na sequência, levantou-se do degrau da calçada, tirou o pó batendo uma mão contra a outra e, atritando entre si os dedos, feito esfarelasse casquinhas de pão, entrou em casa, silenciosa, deixando-nos em igual silêncio.

Sonhei, tão logo fechei os olhos para dormir:

Passávamos uma temporada na capital e tia Inácia me levava à noite para passear de bonde, tomar a fresca, tentando estimular o sono; o dela e o meu. Naquela vez, como não conseguimos adormecer, permanecemos no passeio até a última volta do bonde, indo e voltando pelas ruas estreitas, subindo e descendo ladeiras, atravessando becos, observando a prata das luminárias antigas, encantados com as dimensões da cidade grande. Ela me apontando os prédios novos, as torres, os automóveis e as pontes de concreto. Eu, vaidoso da companhia da tia, que quase nunca me dava confiança, acompanhava com interesse tudo o que ela mostrava, atento aos comentários e à paisagem.

Quando desembarcamos, a noite ia ao meio e na rua não ia ninguém. Demo-nos as mãos, como fazia com tia Dália, e apressamos o passo, os olhos nos paralelepípedos do chão, onde reluzia, pelo alaranjado das luminárias, o sereno. Ao longe, no final da rua, vimos o clarão. Parecia uma grande bola de fogo retorcendo-se, tomando o nosso rumo. Quando se aproximou, percebemos três negros de pele reluzente, sem cabeça sobre os pescoços, montados em cavalos igualmente pretos, encarando-nos com jeito de quem cercou a caça.

Ao mesmo tempo que me apertou a mão, tia Inácia arreganhou a boca: "É ela, Ana Jansen, a que não tem descanso". Arregalei os olhos e ficamos estatelados na calçada, uma vez que a menção ao nome daquela entidade era assustadora. A carruagem parou a poucos passos de nós. A portinhola, com desenhos em alto-relevo de ouro, exibia matizes do azul-marinho ao preto, passando pelo lilás e o roxo, detalhes, ali, ao alcance dos meus olhos, e eu via com nitidez. A maçaneta da porta, uma caveira de ouro maciço.

A cortina lilás não nos deixava ver o interior da carruagem, porém a tia repetiu: "É ela", e grudou as costas na parede do sobrado, abrindo os braços e se retorcendo, feito as lagartixas de tia Dália. Eu estava duas vezes surpreso: pela aparição naquele meio de noite e pelo desespero de tia Inácia, a quem considerava imune a todo tipo de medo; olhava insistentemente para ela.

O mais alto dos cocheiros desviou minha atenção ao pular do cavalo e vir ao nosso encontro, segurando a tocha de fogo. Sem considerar a cabeça, que de fato não existia, ele devia ter mais de dois metros de altura, e tia Inácia emudeceu por completo. Considerei estar acompanhado de tia Dália, de quem conhecia as expressões arrebatadas de pavor e êxtase. Não. O rosto de tia Inácia se projetou de novo, ocupando toda a tela do meu sonho, feito o cinemascope que começava a chegar às telas do cinema Muiraquitã.

Pensei em saltar sobre um dos cavalos e desaparecer na noite, mas não tive força nas pernas para o impulso. Tia Inácia despencou no chão, e o cocheiro, depois de botar a tocha na calçada, juntou-a nos braços, enquanto o outro abria a porta da carruagem.

Lá dentro tudo era lilás. Percebi, subindo numa espiral, a fumaça do narguilé, reconhecido do livro de histórias orientais, onde outras mil e uma noites. A fumaça colorida também se assemelhava às nebulosas, matéria recorrente de meus sonhos naquela época, quando me perdia no meio das nuvens de poeira, traçando desenhos de giz, construindo figuras de neon em traços que se desmanchavam tão logo riscados.

De onde estava eu não via ninguém. Comecei a caminhar e, mal coloquei o pé no estribo, respirei o perfume. Eu sabia que Ana Jansen tinha sido uma mulher poderosa, vingativa e cruel, proprietária de milhares de escravos, assustando toda a cidade enquanto viveu, por isso a surpresa ao aspirar aroma de primavera quando esperava enxofre.

A voz soava de forma agradável e era licor: "Eu vos esperava há séculos". Ainda ali não percebi ninguém, apenas o hálito doce, a fumaça do narguilé e a tia desfalecida no banco de veludo. A cortina da outra portinhola começou a se mover lentamente, emoldurando a rua. Vi a coruja batendo asas no poste de luz à beira da fonte de água mineral, como quem se aquece para a invernada, até sair voando pelo meio do passeio. Os homens açoitaram os cavalos e seguiram no encalço, esquipando os animais, ultrapassando a coruja, agora uma águia azul.

A carruagem disparou a toda velocidade, engolindo ruas, esquinas, ladeiras, becos, praças, pontes, até se deslocar do chão, subir, subir e planar sobre a cidade. Estávamos voando, acompanhados de perto pela águia azul, que, de vez em quando, se voltava para nós e sorria, ganhando impulso, exibindo, em piruetas acrobáticas, as longas asas que não paravam de bater.

De repente, a cidade começou a ser inundada pelo riacho de sangue que escorria da carruagem, tingindo de vermelho primeiro as passagens, depois os muros, as paredes do casario, os telhados, os postes de luz, a torre, enquanto o aroma se tornava cada vez mais exuberante.

Estávamos dentro de um candelabro de cristal deslizando sobre a cidade vermelha, estufava o vento anunciando tufão, e a gente voava sempre em frente, relâmpagos riscando a escuridão da noite.

Percebi que tomávamos a direção do mar, o casario ficando para trás, e olhei para tia Inácia, recostada no banco de veludo ao meu lado. Ela foi despertando devagar, voltando a cabeça para um lado e outro, depois em círculos, inspirando o aroma do narguilé. Continuou movimentando em círculos a cabeça, aumentando a velocidade, e ainda mais, feito um pião atirado na calçada, que girou, girou, girou, perfurando o cimento. Aos poucos a cabeça foi perdendo impulso, aquietando-se, esmaecendo, o pião perdendo força, até encarar o entorno. Quando me percebeu, ela olhou para mim com olhos amarelos esbugalhados, levantou as duas sobrancelhas, movimentou igualmente em círculos as orelhas e sorriu um sorriso roxo, estendendo-me os braços como se procurasse me abraçar ou me puxar para ela.

Percebi que pequenas e aromáticas gotinhas de sangue borbulhavam nos cantos enrugados da sua boca, escorriam pelas comissuras dos lábios e vazavam pelas frestas das portinholas, tingindo de vermelho tudo o que ficara por baixo de nós.

Gritei e acordei lavado de suor.

Na semana seguinte, ao final daquelas férias, meus pais chegaram para me buscar. Voltei a sonhar com as nebulosas coloridas desenhando traços aleatórios que eu deveria articular antes que eles se desfizessem em pó.

A sacerdotisa

Para dar passagem a todas aquelas inquietações, e largando de mão os deveres da escola a exigir comentários sobre os primeiros livros que vinha lendo ou a repetição por inúmeras vezes dos erros cometidos nas redações e nos ditados, comecei a escrever a respeito da tribo onde tia Dália era ao mesmo tempo pajé, cacique e sacerdotisa. Uma vez devotado ao regulamento, ao qual secretamente tivera acesso, não participei a ninguém, nem mesmo a ela, o que testemunhara. Também nada comentei sobre os escritos no meu caderno novo, encapado com a folha amarela de papel celofane, do qual ainda hoje reconheço o aroma em situações inesperadas, imunes à minha vontade e cada vez mais frequentes nos últimos tempos: As Aventuras da Sacerdotisa Dália.

A partir dessa descoberta, estimulado pelas atitudes da tia, tornei-me ansioso pelas férias de julho e as do começo do ano, quando íamos quase sempre para a casa da avó. Ali, passei a não me interessar mais pelas brincadeiras com os primos e o tio almofadinha que também morava na capital e só se dirigia a nós para solicitar sucos, doces, água da geladeira e para exibir o peitoral e os bíceps, a fim de constatarmos a hipertrofia muscular desde a vez anterior, concentrando-me nas performances dessa tia.

Atendendo a todos os seus chamados, apressava-me em acompanhá-la desde o colégio das freiras e os preparos das homilias, até o açougue para escolher as peças do mocotó que ela jamais comia, mas deixava sobre a mesa da cozinha de fora para que Tiana as lavasse, temperasse e preparasse os caldos, ou as misturasse aos legumes e à banana da terra para os cozidos. Em muitas dessas ocasiões ela escolhia o pedaço de toucinho a ser levado para dona Assíria dar de comer à ferida que lhe roía o seio, evitando que o mal se alastrasse à procura de alimento, consumindo os demais órgãos do corpo. A tia recomendara o uso do toucinho por dentro do sutiã em contato direto com a boca da ferida e em uso contínuo até a saciedade daquela fome. Tia Dália acreditava que doenças eram crianças famintas equivocadas quanto ao pasto onde se saciar, tornando necessário compreender-se a origem da fome para atender ao desejo primeiro do paladar, evitando a propagação do apetite. "Um jogo de luz e sombras, brincadeiras entre gato e rato, marionetes desarticuladas, são as enfermidades", a tia me disse, gesticulando os braços, coreografando com as mãos este cenário frenético, na primeira vez em que tomamos o rumo da casa de dona Assíria.

No caminho passávamos em frente à Caverna da Zefinha, o sobrado onde moravam as raparigas do centro, que tinha esse nome porque o batente de madeira da porta de entrada dava acesso à sala de barroco, abaixo do nível da rua, fazendo com que as pessoas, ou os homens, mais propriamente, ao entrar, tivessem que desnivelar a passada, quase agachando, motivando os comentários das mulheres casadas, que tratavam aquela ponta de rua como o "boqueirão da indecência". A tia se benzia ao passarmos em frente, e baixava a cabeça, mas quando Zefinha deixava a porta aberta, ela olhava para dentro com o canto do olho e apressava o passo, puxando-me pela mão, cada vez mais afobada, se percebesse que eu também esticava os olhos para o lado de lá.

Eu a acompanhava inclusive aos velórios da cidade e mesmo das imediações, nas cidades próximas, aonde íamos escondidos de minha avó, na jardineira do seu Floriano. Expandiam-se as diligências porque a pequena população local não produzia defuntos suficientes para aplacar sua necessidade de velá-los, deixando-a irrequieta diante da ociosidade, quando deveria haver almas precipitadas necessitando daqueles serviços. Nessas ocasiões, mais do que a inércia do morto dentro do caixão, a palidez de sua pele exangue ou os lamentos dos familiares ao redor, impressionava-me o olhar vívido de tia Dália, que parecia concentrar nos dois olhos toda a vitalidade do resto do corpo. Da cadeira onde permanecia sentada e imóvel, sem desviar os olhos do ataúde, ela conduzia o falecido a caminho da escuridão, guiando-o pela viagem subterrânea, como se de lá tivesse regressado há pouco, conhecesse os reinos escuros e pudesse garantir que não havia razão para temores ou maus pensamentos, tornando-se fundamental para o deslocamento do viajante até a plataforma da eternidade.

Minha mãe, antes que eu saísse para as férias, fazia-me prometer que não acompanharia a tia em suas peregrinações pela cidade, muito menos aos velórios ou nas visitas ao cemitério, cada ano mais frequentes. Acontece que, alguns dias após o ritual de passagem no velório, tia Dália precisava retornar ao campo santo para se certificar de que o viajante tinha sido bem recebido do lado de lá, desfrutava a tranquilidade dos espíritos e se encontrava satisfeito. Havia vários sinais enviados, eu não decifrava todos, porém, o mais evidente, e de elementar compreensão, era a qualidade da vegetação brotada em volta da sepultura. Eu mesmo, mais de uma vez, apontei a beleza de gerânios vermelhos medrando no entorno de campas, as mais descuidadas, ou o voo displicente, mas expressivo, da borboleta sobre um túmulo de barro, testemunhando, no rosto da tia, a eloquência do sorriso e a satisfação do dever cumprido, demonstrado com palminhas febris e pulinhos miúdos no chão sagrado.

Certa vez, aplaudimos juntos a flor amarela e gigante de um girassol no meio do passeio de terra e ficamos sem saber a quem atribuir porque ele não se dirigia a túmulo algum, todo ali, altaneiro, voltado para o céu, feito a palma da mão aberta onde assentar um pote de barro ou por onde penetrar a energia do sol. Passamos horas apreciando a beleza e analisando o significado, sem chegar a nenhum lugar. Em casa, no meio da noite, a tia veio à minha cama e disse que o girassol era o sinal de que estávamos realizando bem o ofício, ele nos pertencia, por isso se dirigia diretamente para cima, apontando sempre o sol do meio-dia, a hora mais aguda. Pela manhã, iríamos ter com ele e receber novas instruções. Quando chegamos ao cemitério, na manhã seguinte, o girassol havia desaparecido. A tia concluiu que ainda não estávamos preparados para ascender, mas, não havia dúvida, seguíamos o bom caminho e outros girassóis voltariam a florir em nossa direção. Certamente para confirmar essas palavras, formou-se, do nada, o fogo-fátuo, chama iridescente rodopiando em torno de nós, rascunhando espirais em várias dimensões e profundidades, círculos, riscos velozes em raios e relâmpagos, até esmaecer ofuscado pelo sol.

Tomando consciência, a cada temporada de férias, da minha fidelidade, tia Dália começou a fazer pequenas revelações a seu respeito. Discretos relatos que eu ouvia com a circunspecção do devoto recebendo no santuário a visita do Sagrado. Ela as revelava sempre assim, do nada, muitas vezes sem me dirigir o olhar, caminhando de mãos dadas pela rua, colhendo manga no sítio do Céu Azul, desfazendo a ratoeira, desmontando gaiolas ou destruindo os estilingues construídos pelos meninos para atirar pedras aos passarinhos ou derrubar morcegos do teto, motivo de enervação para ela.

Dessa forma, fiquei sabendo que foi desde sempre silenciosa, e tomei conhecimento de Leontina, por quem tia Dália desenvolveu a afeição necessária ou o desinteresse suficiente para manter-se calada ao testemunhar a migração dos bonecos de porcelana dentro das calcinhas da menina, que os acondicionava com delicadeza na hora de retornar ao parquinho de diversão nos finais da tarde, antes que o tio abrisse, para o público, a cancela de acesso aos dois ou três brinquedos emparelhados. A tia disse que o transporte dos bonecos devia exigir habilidade, porque Leontina, de grande, tinha apenas esse nome polissílabo, a cara redonda feito palmatória, e era desarticulada como galinha quando quer botar o primeiro ovo e, não achando lugar, segue ciscando até encontrar pouso. Apesar das pernas cambotas, parecidas com as de Seriema, a anãzinha que acompanhava os ciganos, e dos pequenos quadris arredondados, a menina era tão miúda que poderia, com tranquilidade, tomar banho dentro de uma caixa de fósforos, e manter, ao lado, um dedal cheio de água para o enxague. Depois ríamos, eu e ela, do exagero da comparação.

Contou-me mais, a tia: preocupados com seu mutismo, enfiaram-lhe um pintinho amarelo boca adentro para que piasse ali, despertando as cordas vocais, estimulando a fala e precipitando a formação de palavras. Não gerou resultado e ainda a indispôs com a ave, tornando todos os animais emplumados repugnantes ao paladar, para sempre contaminado pelo sabor de terra e penas molhadas.

Nem por isso ela se indispunha com Andradina, impedindo-a, apenas, de entrar no quarto, o que não configurava excepcionalidade, pois, em matéria de quarto, a galinha frequentava apenas o da bisavó Lama.

A tolerância de tia Dália surpreendia. Mesmo quando despertava assustada com a cantoria de Andradina no meio da noite após ter botado um ovo no ninho de retalhos do quarto ao lado ou dentro do sapato largado no canto, ela não reclamava. Limitava-se a se virar na cama, fazer o "pelo sinal" e se cobrir até a cabeça com o lençol. Não havia calor suficiente para demovê-la do hábito de dormir com a camisola longa até os pés e coberta com o lençol, evitando que a alma abandonasse o corpo e fosse peregrinar pela noite, favorecida pela nudez e a inconsciência do sono, conforme orientavam as freiras do Sagrado Coração, adeptas do mesmo procedimento.

Efeito contrário provocaram os lambedores feitos de mel e gengibre, também recomendados na infância para adoçar a voz, articulando a fala. Não houve êxito na indicação, entretanto o paladar para os doces foi aguçado e a menina se afeiçoou tanto aos melados que meu avô viu-se obrigado a adquirir colônias de abelhas para não faltar o mel de uso diário, ao perceber a escassez da comercialização do produto. Seu investimento foi intenso. Pouco depois da instalação das primeiras colmeias, estava em atividade no sítio do Céu Azul um apiário produtivo, levando-o a cogitar a profissionalização do serviço. A ideia não foi adiante porque minha avó não via na apicultura atividade compatível com um membro da família, mantendo a produção das abelhas apenas para uso doméstico e artesanal.

Ao fato de uma galinha já passada do período fértil continuar pondo ovos e cacarejar para anunciá-los, tia Dália creditava a alguma manifestação celestial não esclarecida. Os demais moradores da casa atribuíam o fenômeno às mudanças galopantes do tempo, confluindo para o Apocalipse, como há muito se ouvia falar. Tiana, influenciada pelos programas de rádio com seu elevado conteúdo dramático, chegava a confundir os cacarejos histriônicos de Andradina com as trombetas do Apocalipse. Por mais de uma vez a vi largar o abano sobre o fogão, arrancar o avental, correr para o terreiro e, protegendo os olhos da claridade excessiva com a concha da mão, vasculhar o céu à procura do espetáculo anunciado.

O tupinambá

Naquele final de junho eu já saíra de férias e estava embaixo do caramanchão escrevendo no caderno encapado com o papel celofane amarelo, quando tia Hilda retornou a casa após ser abandonada pelo marido na cidade do outro estado para onde haviam se mudado poucos anos antes. Tia Hilda e minha mãe, as mais velhas, foram as únicas mulheres da família a se casar, desafiando um celibato que tornara-se marca daquela linhagem, origem da expressão utilizada quando se referiam genericamente às filhas de minha avó, durante os muitos anos que se seguiram: As meninas de dona Emerenciana.

Quando mocinha, tia Hilda teve um cachorro chamado Tupinambá, louco por ela. Aonde ia, lá estava o cachorro. No banho, ele a esperava à porta do banheiro. À mesa, postava-se ao lado da cadeira olhando para ela numa espécie de adoração, e à noite, ambos deitavam no chão do terreiro para observar estrelas, cometas e objetos luminosos. Numa dessas noites, tia Hilda falou para o céu, acompanhando uma estrela cadente: "Só queria encontrar um moço que gostasse tanto de mim quanto Tupinambá."

Passaram-se poucas luas até a chegada do tio. Ele veio de algum lugar distante, desses que só conhecemos por intermédio do dedo deslizando no globo de borracha, de onde emigrara para tentar a vida, e se chamava Yussef. Apenas os de casa sabiam por que o chamávamos de Tupi.

Desde o primeiro dia de namoro, oficializado após consentimento ao pedido, até o momento do abandono na cidade onde morava agora o casal, todos reconheciam nele a fidelidade canina, origem da alcunha, confirmada pela magnitude do bigode escondendo o lábio superior, permitindo a visão dos dentes enormes e brancos apenas se gargalhava, o que só acontecia quando se encharcava de vinho. O vinho vertia direto do barril de madeira que meu bisavô ganhara de um marinheiro português no porto da capital, na época em que o frequentava para receber os bonecos desembarcados do estrangeiro. O bigode estava sempre penteado porque tio Tupi não tirava do bolso da camisa o pequeno pente cheio de dentinhos alinhados pela trama uniforme da madeira.

Infelizmente, se alguma vez tio Tupi, de dentro do bigode colossal, olhou tia Hilda com os olhos devotados de Tupinambá, essa devoção ficara para trás, nocauteada pela mulher, vizinha de porta do casal, por quem se apaixonara, sem poupar a tia dessa declaração em pleno domingo chuvoso após o almoço: "As costelinhas de porco que eu mesma preparei", repetia tia Hilda, em soluços, prostrada na cama, da qual só saía para a higiene pessoal, trancada no quarto onde sequer as janelas podiam ser abertas, evitando a aragem de paredes e ressentimentos.

Tia Hilda estava de cama porque, após o choque da separação, e abandonada sozinha em casa, perdera a orientação, esgotara os nervos e se dirigira ao porto, embarcando no primeiro barco que partiu, sobrevivendo ao choque desse barco com um tronco de madeira submerso na escuridão do rio, o que quase o levou ao naufrágio. Desembarcou numa cidade onde nunca estivera e por onde vagou durante dois dias e noites, até ser recolhida ao asilo de mendicância, sendo reconhecida, após uma semana, por um entregador de frutas, o seu Nicanor das Pitombas. A filha dele, Das Luzes, havia sido doada à minha avó, ainda menina, para criá-la livre das privações domésticas, oferecendo-lhe alguma educação, como era comum naquelas circunstâncias.

Ao chegar à casa da mãe, a tia mal reconhecia os parentes, comunicando-se por lágrimas e sussurros muitas vezes desconexos, despertando em minha avó um sentimento de repulsa pelo genro que lhe acompanhou até o final dos dias, levando-a a amaldiçoá-lo a cada lembrança da tarde em que o aceitou à mesa do café com leite, admitindo-o em casa. Nesta fúria, ameaçava arrancar com os caninos fio por fio daquele bigode indecente, a despeito da rígida formação cristã, na qual o perdão costuma ser a forma mais delicada de vingança, e possivelmente a mais cruel. Ela se atribuía, sem assumir para ninguém, a responsabilidade pela má escolha, o erro de pessoa, como chegou a lamentar depois, porque, embora meu avô fosse vivo na época do casamento de tia Hilda, havia partido dela o consentimento para as núpcias, como de costume. Ali, não se tirava um cisco do olho sem a aprovação da dona da casa. Isso de maneira discreta, sem acinte, para não expor o marido à desconsideração dos demais, nem ameaçar a hierarquia predominante naquela sociedade. A não ser que, por algum rompante de autoridade masculina, um levante inapropriado de testosterona, meu avô resolvesse desautorizá-la em público, obrigando-a a declarar, sem ajuste de palavras, o que havia sido determinado nos bastidores do casal. Por outro lado, minha avó não admitia que a diferenciassem publicamente em matéria de tratamento ou hierarquia com relação a meu avô. Poucos dias atrás devolvera um envelope enviado pela paróquia, endereçado a ela, com a correspondência relativa aos ajustes da programação junina e o aporte financeiro. Dirigiu-se ao mensageiro: "Diga a padre Juarez para subscrever o nome do meu marido no envelope porque eu não sou viúva e nem visto as calças dele".

Minha avó gostava de repetir: "Minha missa é de corpo presente", o que era verdade. Vó Ciana não fazia nenhum comentário sobre alguém, em sua ausência, que não pudesse repetir frente a frente, "às escâncaras", dizia, em especial as críticas e as referências aos maus procedimentos. O contrário até poderia acontecer, o contrário sim. Economizar, na presença, elogios que considerasse prejudiciais à vaidade, mas tornava-se perdulária se a pessoa a quem quisesse elogiar não a estivesse escutando, evitando que a vaidade do reconhecimento comprometesse a espontaneidade das atitudes.

Diante do estado de tia Hilda, a casa ficou fechada à visitação, e os comentários sobre o ocorrido permaneciam à margem dos interesses da família. A família, seguindo as orientações da matriarca, não encompridava o assunto, caso este fugisse ao controle de alguma língua destemperada. Desde então, o nome de tio Tupi jamais voltou a ser pronunciado por quem quer que fosse, os forasteiros de bigode passaram a ser vistos com desconfiança, a pipa de vinho foi destruída à machadada por Tiana, a mando de minha avó, e até uma fotografia de Tupinambá foi lançada à fogueira de São João em frente à calçada, como se ao cão devotado coubesse qualquer responsabilidade no ocorrido.

Ao meu lado, agora sem as mãos dadas que, naquela idade começavam a me constranger, voltando do açougue, tia Dália resmungou: "Coração dos outros é terra onde ninguém anda." E, sem esperar por qualquer comentário, apressou o passo rumo à casa, onde Tiana esperava os mantimentos para preparar o caldo de mocotó a ser oferecido à tia acamada. A tia, entregue aos cuidados de todos e acolhida no ninho qual o ovo de indez das galinhas poedeiras, começava a manifestar os primeiro sinais de recuperação. Neste período, e de alguma forma solidária ao sofrimento da irmã, tia Dália se permitiu pequenas manifestações de proximidade, um copo de água fresca nas tardes acaloradas, inesperada rodela de cana trazida do quintal, um bago de tamarindo colhido no pé, porém tão logo percebeu indícios de melhora, recolheu-se ao isolamento, resmungando críticas aos procedimentos da outra, como se fosse ela a própria culpada pela atitude do marido: "Armou o arco e entregou a ele para que disparasse a flecha contra ela. É burra".

Privada do credenciamento de companhia masculina, tia Hilda, mesmo ao permitir, mais de um ano depois, que se abrissem as janelas do quarto para as aragens e os banhos de sol, e tendo decidido se levantar da cama voltando a dividir as refeições à mesa com os demais, só recuperou alguma licenciosidade para a alegria a partir dos setenta anos. Por esta idade, começou a acompanhar os sobrinhos no desfrute do álcool, especialmente as caipirinhas de lima da Pérsia, para as quais admitiu insuspeitado apetite.

Dos vinhos tintos fugia como barata foge do chinelo.

A chuva

Se o menino é o pai do homem, a memória é o assoalho onde se deu o processo da evolução. Talvez a vida humana seja apenas um arrepio da eternidade, uma breve precipitação do caos, o atrito entre pedras produzindo faíscas intensas e breves. Um relâmpago traçado a giz por dedos extraordinariamente velozes.

Tento, no silêncio da velhice, retomar este átimo de segundo, não para cogitar revivê-lo, sequer na memória, mas para certificar-me de que ele me foi concedido e estive presente. Procuro perceber onde estavam os ligamentos, as intersecções, as soluções de continuidade, os indicativos de descontinuidade, que, somados e subtraídos, justapostos ou excludentes, resultaram no homem que me tornei ao vivê--los ou ao evitá-los.

A imagem da Casa das Étoiles no programa da televisão invadindo a sala do meu apartamento em Madri, poucos meses atrás, retrocedeu o tempo como se o tempo coubesse na grande angular de uma única tomada de câmera expondo tudo, fazendo desprender o primeiro bloco de uma avalanche em direção ao vale das memórias. Não tive como evitar, e desde então faço o carretel do tempo se desenrolar e correr por toda a extensão do fio, enovelando-me a ele, deixando-me conduzir pelos meandros, flecha atirada não em direção ao alvo, mas a partir dele, retroativa.

É para saber por onde anda o menino que apeava da garupa do cavalo quando o pai ocupava a sela a caminho da fazenda, que dirijo os olhos para dentro e volto o pescoço para trás, retomando aromas e indícios.

Se não fosse temporada de chuvas e atoleiros a viagem era breve, não ultrapassava uma hora e meia de carro, desde a porta da casa da cidade até a porta da casa da fazenda. Nesses tempos invernais, a caminhonete só chegava até a última ponte da estrada de piçarra, derivada da estrada principal, a rodagem, onde tratores e patrolas se ocupavam da manutenção da via, metralhando a terra, feito os tanques de guerra verde-musgo que eu usava para combater com meu irmão, protegidos, cada um, por sua trincheira de barro no fundo do quintal. Aqui, a chuva intermitente apodrecia a madeira e fazia subir as águas do riacho, tornando as tábuas, que só comportavam a bitola dos pneus, impróprias para o peso do veículo, quando não rachadas, trincadas ou levadas pela enxurrada.

Atílio esperava na outra margem com os animais, e ajudado pelos meninos ejaculados em Almerinda descarregava a caminhonete e carregava os burros, deixando Rosa, a burra que o próprio Atílio salvara da enchente em outro inverno chuvoso, para minha mãe, pouco à vontade com a altura dos cavalos. E vínhamos nós, seguidos pelos cachorros que me despertavam mais medo do que afeição, nos inteirando das novidades sobre o gado, as ovelhas e as demais criações, o estado das quintas, das lavouras e do capim, as plantações de cana e arroz, o andamento da horta. Minha mãe solicitara que esta horta fosse plantada dentro de toras de madeira transformadas em gamela, ao lado da cozinha, porém do lado oposto ao fogão de lenha de onde o calor levado pelo vento poderia sapecar as folhas da alface. As folhas das verduras viviam agredidas pelo rigor do sol que só esmaecia de vez em quando apesar da temporada de chuvas.

Depois, e como se arrastasse a caminhada em função da passada curta de Rosa, éramos acolhidos pelo escuro da noite, atravessados pelo silêncio que se erguia do chão e se agachava do céu e nos acometia por todos os lados, tornando-se sólido, palpável, companheiro. Deve ter sido ali que passei a priorizar as companhias com as quais me sinto seguro e confortável para os silêncios, de todos os parâmetros de comunicação, o mais confiável. Então, no silêncio e no escuro compartilhado, passávamos a perceber apenas os ruídos do que expressava vida em suas variáveis de reinos: o coaxar de sapos à beira do igarapé — raso para os nossos banhos, mas suficiente para o desfrute deles — o sussurro sibilante da passagem dessas águas pelas pedras no curso do riacho formando pequenas e melódicas precipitações. O farfalhar do capim ao vento miúdo, besouros notívagos, o relincho de um jumento insone à procura da parceira, o sibilo do chocalho da cascavel, nunca percebido por ninguém, contudo presente em meus devaneios de menino assustado, ali em segurança devido às companhias, ao silêncio e à sensação de estar integrado ao cenário onde se pode existir com conforto. Assim, encarava com valentia os fantasmas da minha própria produção.

Abraçado às costas do meu pai, embalando-me na marcha do cavalo e favorecido pelo silêncio comunicante, sentia-me em paz. Pelo período em que urgia aquela centelha, de tão natural a paz, seria impossível cogitar reivindicação nas ruas, aos gritos, aos montes, como eu mesmo fiz tantos anos depois, inutilmente.

A paz era uma dádiva conquistada, não fazia parte da minha natureza assustadiça e desassossegada. Não encontrava matriz. Não dependia de mim, mas de circunstâncias e cenários. Em casa, a ausência de conflito era compulsória, fazia parte dos estatutos familiares, e em vez de libertar, aprisionava, fazendo com que me sentisse frequentemente a serviço dela, o tempo todo a postos, escrevendo, em torno dos meus pais e irmãos, o que se considerava as cláusulas de civilidade.

Aprendera a ler muito cedo, antes mesmo de ir à escola. Meu pai gostava de contar sobre o dia em que me perceberam no chão apontando as letras com o dedo e revelando as palavras sem soletrá-las, diferente da maneira como, na época, eram alfabetizadas as crianças. Imagino que os tenha impressionado. Imagino também que essa precoce demonstração de exuberância tenha criado expectativas quanto a outras diferenciações, que a vida se encarregaria de frustrar. São conjecturas e as criei depois, quando dei de embaralhar os pensamentos, confundindo tudo. Meu pai, talhado para encarar com naturalidade as manifestações mais surpreendentes, meu pai, que não lia entrelinhas, mas linhas, que sempre desconheceu o que fosse metafísica, não deve ter visto ali nada além de um menino divertindo-se com a descoberta, como todos. Expectativas, se houve, foram criadas por mim, ao me atribuir qualificações para as quais não dispunha de matéria-prima suficiente, impondo-me uma missão desnecessária, resultando num desgaste também desnecessário, como um malabarista apresentando-se no palco para uma plateia inexistente, em vez de se divertir sozinho com os objetos dos malabares.

Havia a fazenda, a casa da minha avó e a chuva. Os livros também havia. Os primeiros livros, e tudo isso era uma coisa só: a fazenda, as tias, a chuva, os livros. Quando estava dentro de casa, a serviço, eu olhava, folheava e lia os livros. Na fazenda ou durante as férias da escola na casa das Étoiles e sob a chuva, eu entrava neles. A chuva, da mesma forma que as costas do meu pai, apaziguava, velando-me a calma. É que, quando criança, tive muitos medos, tive-os todos. Tive medo da noite e dos delírios da noite. Dos caçadores de coelhos, dos piratas salteadores, dos ladrões de galinha e da mulher que levava a lamparina na cabeça, itinerante. Mas acontecia de chover, e quando chovia, eu dormia em sossego, sem acender os candeeiros para afastar os fantasmas. Acreditava que, chovendo, nenhum deles sairia de casa: o caçador iria lustrar a espingarda para a próxima caça, o pirata, contar as moedas guardadas no baú de madeira, a mulher do ladrão prepararia galinha ao molho pardo para ele, e a chuva apagaria a lamparina da outra lá.

Até hoje, quando o pirata sou eu — e vasculho naufrágios — chuva de noite é acalanto.

As visagens

Novamente as férias na casa de minha avó e as cadeiras na calçada. Estou ali. Fazia calor e Das Luzes acabara de chegar com a bandeja do suco de seriguela. A iluminação de mercúrio inaugurada há pouco, o poste em frente à casa por ordem do prefeito. Tia Dália sentada na cadeira de macarrão azul na ponta de lá, quase na esquina da Ladeira da Boiada, cantarolava baixinho qualquer coisa, rabiscando o cimento com a pedra, eu não ouvia direito porque, além da distância, o tio da capital não cansava de solicitar a opinião de todos quanto às roupas que experimentava antes de sair, o *enfant gaté*, tia Inácia passou a se referir a ele.

De repente, a vó virou a cabeça e perguntou, sem se exaltar: "Quando foi isso? Agora?" e concluiu: "Não diga!". Depois, voltou-se para a vizinha, dona Vitalina, sentada ao lado, na cadeira de macarrão amarelo e comunicou: "Padre Juarez acabou de morrer".

Dona Vitalina arregalou os olhos:

— Jura, Emerenciana? Como você soube?

— Comadre Rosa do Carmo veio me informar.

Dona Vitalina fez o sinal da cruz ao mesmo tempo que tia Dália esticou o pescoço do lado de lá, atirando longe a pedra e limpando as mãos no vestido. Comadre Rosa do Carmo eu só conhecia de ouvir falar, ela havia morrido há muito tempo, mas tia Dália a conhecera bem, portanto se levantou e caminhou até ficar embaixo do poste, onde a gente estava.

Dona Vitalina continuou:

— Padre Juarez tinha apresentado melhora, Ciana.

— A melhora da morte — tia Dália se antecipou e entrou na casa, resmungando, beijando os dedos da mão e oferecendo os beijos ao céu.

Encontrei-a na cozinha, trocando o café do São Benedito, aflita.

— Preciso ir lá, fazer o transporte.

— Mas ele era padre, tia. Será que precisa?

— Esses são os que mais precisam, porque têm ideia do caminho, sabem endereçar as pessoas, mas nunca estiveram lá.

— Posso ir com a senhora?

— Espera o povo se aquietar e me aguarda na cama. Deixa o lampião aceso e eu te dou o sinal.

— Vamos sair ainda de noite?

— O padre não morava perto e quem é coxo parte cedo. Vai te abençoar e te deita.

Fui à calçada tomar a bênção, mas a vó, segurando minha mão sem abençoar, voltou os olhos para o final da rua, onde a luz era pouca: Seu Viriato do Parquinho e a filha Carmelita.

Virei-me e vi a silhueta em movimento. Pai e filha caminhavam lado a lado em nossa direção, tomando vulto à medida que se aproximavam do poste de luz.

— Boa noite, minha gente! Luz boa danada! Seu Viriato apontou a lâmpada na cumeeira do poste. Baixou a cabeça.

— Trouxe a menina pra senhora aplicar o corretivo, dona.
— O que ela aprontou dessa vez?

Foi então que observei a menina de cabeça baixa, o vestido curto mal cobrindo o corpo magro, franzindo os lábios, atritando os pés descalços um contra o outro como se tomada por um acesso de coceira, enquanto o pai desfiava o rosário de reclamações.

— Vá lá dentro buscar a palmatória — A vó ordenou, sem alterar a voz, voltando à morte do padre e à qualidade da iluminação pública, elogiando a gestão do prefeito, "só não estou gostando dessa ideia maluca de desviar o leito do rio, onde já se viu afrontar a natureza, interferir na criação, desarrumar o que está quieto".

A menina entrou, seu Viriato permaneceu de pé, retirei minha mão da mão da vó antes que ela me despachasse, porque queria presenciar o corretivo, e a pequena voltou em seguida trazendo a palmatória.

Minha avó mandou Carmelita esticar o braço e abrir a mão. Meia dúzia de bolos, explicados um a um:

— Esse é para você aprender a respeitar o seu pai, que não tem companheira em casa e cuida sozinho de ti e de tuas irmãs. Esse, para não deitar na rede com os pés sujos, porque é por aí que entram as lombrigas e não é você quem lava as roupas da casa. Esse, para baixar essa crista, porque você não é galo de campina. Esse, para você parar de correr na rua com os moleques porque mulher que não se dá ao respeito nunca vai ser respeitada, é mais fácil cobra mugir... E por aí foi, até completar a conta de seis. A menina engolia o choro, engasgando-se de vez em quando, sem, contudo, desfranzir os lábios.

Depois, o arremate:

— Peça desculpa a seu pai, tome a bênção a ele, a mim, despeça-se dos outros e vá dormir.

Assim foi feito e logo estavam de volta, pai e filha novamente lado a lado, desaparecendo no escuro da rua. Desde que Leontina fugiu do parque carregando a família de porcelana após ter sido desmascarada pelo padrinho, há muitos anos, seu Viriato redobrou os cuidados com as onze filhas que, viúvo, criava sem o auxílio da companheira.

A avó, que acompanhara os dois com o olhar, voltou-se para a vizinha:

— Muitas vezes, por falta de um grito se perde uma boiada.

— Seu Viriato não gosta de contrariar as filhas, nem fazer as meninas chorar.

— Quem não faz filho chorar, chora por ele – vó Ciana encerrou o assunto.

Virei-me e vi tia Dália recostada na porta, ambas verticais, cada uma mais comprida do que a outra. A tia vestida de preto enrolando o terço no punho e a longa porta de madeira verde tornaram-se, aos meus olhos, duas palmeiras fincadas no deserto. Perdi-me no devaneio.

A avó me trouxe de volta pelo braço, me abençoou, lembrou-me de agradecer mais um dia, lavar os pés e as mãos antes de deitar, e eu fui para o quarto esperar a tia, que chegou tão logo foi desligado o motor da luz e a casa se pôs em silêncio. Levantei da cama num salto e em segundos estávamos na rua.

"Quem chega na frente encontra a água limpa", tia Dália comentou, apressando o passo, e eu tratei de acompanhá-

-la. Seguimos na penumbra da noite até o salão paroquial do lado de lá do riacho da Mumbuca, onde o padre seria velado. A chegada da tia foi saudada com entusiasmo pelas freiras às voltas com os preparativos para os rituais. "Somos as pioneiras", enfatizou a Madre Superiora, referindo-se à presteza com que todas compareceram antes até da família do padre Juarez, sem disfarçar a excitação compartilhada. Beijaram-se as mãos, tia Dália fez o sinal da cruz, olhando apenas por cima para o caixão, e as outras continuaram os procedimentos, caminhando ligeiras pra lá e pra cá. Uma quase alegria pelo privilégio de terem à mercê o corpo e quem sabe o espírito daquele homem sagrado.

"Padre Juarez está meio azul", irmã Cheirosa comentou, suspendendo a função, segurando o queixo, movimentando a cabeça para um lado e outro, analisando o rosto adormecido, com uma expressão rapidamente infantil. As outras se aproximaram para conferir, mas logo se afastaram, sem levar em conta o comentário da irmã, pouco habituada às máscaras da morte, a mais inexperiente das amas de clérigo.

Eu e a tia nos sentamos nas cadeiras em volta da parede, permanecendo ali durante o resto da noite, acompanhando com os olhos o movimento de ajustar o salão, a capela ao lado e o morto, para a celebração. Conduziram velas em castiçais, aproximaram a imagem do Sagrado Coração, distribuíram flores pelos jarros, varreram o piso com suavidade para não incomodar o padre, acenderam incensos e deixaram o turíbulo à mão para a missa de corpo presente.

A noite transcorreu numa homilia inteiriça.

Chegando à casa, na barra do dia, tia Dália falou que eu estava me saindo bem nesses ofícios, entretanto eu estava bêbado de sono, sentindo-me menos entusiasmado do que o esperado para um aprendiz de encantamentos e transportador de mortos; a idade das calças compridas caminhando ao meu encontro conduzindo os enfados.

O entregador de leite nos viu chegar e entrar na ponta dos pés. Não nos cumprimentou, nem se deixou mostrar, esperou entrarmos na casa para só então deixar as garrafas no batente da porta. Voltou mais tarde e contou para minha avó o que vira pela manhã. A avó mandou Das Luzes me acordar e dizer que fosse encontrá-la no quintal, embaixo do tamarindeiro, antes mesmo de fazer o quebra-jejum.

Poucas vezes vi a tristeza no rosto de minha avó. Um rosto habituado à alegria, à mansidão, à ira, à soberba, porém ali, mal acomodada em um tamborete de couro gasto, o vestido de cores discretas sempre aludindo à viuvez, os pés dentro de uma sandália surrada, o tronco vergado, debulhando milho para dar às galinhas, percebi algum abandono onde jamais pressentira. Por uma fagulha de tempo não a temi nem a reverenciei, mas me compadeci. De certa forma, entristeci ao constatar que ali também havia humanidade e o consequente desamparo.

Fui tomando chegada devagar, mas ela não levantou os olhos da espiga de milho para dizer que eu estava proibido de acompanhar tia Dália para onde quer que fosse, porque se eu ainda não havia percebido, e já tinha idade para isso, tia Dália não estava em condições de gerir a própria vida, quanto mais servir de companhia ou exemplo para um menino do meu tope. Disse ainda que isso era um segredo apenas nosso, mas a tia era digna de pena e havia maneiras bem mais interessantes de usufruir as férias do que perder noite de sono acompanhando o velório de uma pessoa que mal conhecia, ao lado de uma maníaca que apesar da idade ainda não tinha abandonado os cueiros. Frisou que este tipo de confidência não se faz nem ao padre que nos confessa, mas, nós, que o partilhamos, precisamos estar cientes dos fatos para responder as provocações dos outros e da vida.

Depois, levantou os olhos, fixou o meu rosto, manteve-se em silêncio, e para minha salvação, acompanhei, novamente lá, a mudança de semblante, o rosto se crispando num ricto, readquirindo a autoridade que eu temia e necessitava. Chamou a Tiana, passando apressada com a babugem para os porcos, e mandou que me preparasse o beiju de tapioca recheado com o queijo do sítio, feito por ela mesma na última vez em que esteve lá.

Quando dei as costas e comecei a caminhar na direção da cozinha, ouvi sua voz, novamente cheia de corpo: "Moleque, você já se tornou um homenzinho."

Não me voltei, ao contrário, apressei o passo e percebi que dentro de mim alguma coisa, embora disforme, adquiria existência.

O tapete voador

Antigamente a viagem começava muito antes de se chegar ao destino, diferente de hoje, quando o trajeto serve apenas para chegarmos lá, vencidos estradas, aeroportos, filas, bocejos, horas de voos e remédios para dormir.
    A viagem começava no momento em que a porta da casa era fechada e nos alojávamos dentro do carro. Os próprios lugares onde sentar tinham significância, a janela por onde olhar era definida a partir de uma expectativa qualquer, existia o caminho a ser percorrido. O trajeto era fundamental, a espinha dorsal do passeio, e nós o usufruíamos, a gente esperava por ele.
    Na verdade, a viagem começava ainda antes quando meu pai decidia para onde ir e se imaginava o que conheceria ou quem poderíamos encontrar. Se o lugar era desconhecido, eu dava jeito de descobrir histórias a respeito de lá, indagando pessoas, folheando revistas e semanários, girando o pequeno globo de borracha. Se conhecesse canções da região, não as tirava da cabeça, cantarolando, mesmo que em silêncio externo, até vê-las ganhar a intenção para a qual haviam sido compostas, despertando o adormecido. Tran-

sitava pelas paisagens muito antes de botar os pés naquele chão. Fazia o mesmo com os livros ambientados ali, misturando-me aos roteiros, percorrendo ruas, cumprimentando pessoas, e aquilo se transformava no cenário novo por onde agora seguia, vestido com as roupas da imaginação, longe da realidade cada vez menos importante. Assim, raramente cheguei a algum lugar pela primeira vez; eu vivia impregnado de cenários e falas e notícias.

Orgulhava-me da capacidade do meu pai de cumprir horários. Se ele dizia: "Vamos sair às seis da manhã", às seis da manhã estávamos na porta de casa, despertos, de banho tomado, ou enxovalhado, e só não saíamos no horário exato porque alguém esquecia alguma coisa dentro do quarto, embaixo da cama, na gaveta da penteadeira, ou minha mãe decidia de última hora engrossar o farnel onde já estavam o frito de galinha, as frutas lavadas e a água filtrada. Meu pai repetia sempre, de bom humor: "Nunca vi alguém para quem não falta comida ter tanto medo de passar fome". E a gente ria.

Ganhávamos a estrada. Esses amanheceres na estrada são intraduzíveis. Num esforço de memória, e de forma rasteira, poderia dizer que foram azuis, variados matizes de azul. E foram frescos, festivos, alegres. Ainda hoje, mesmo percebendo os grossos sinais da melancolia me arrodeando, as manhãs me insuflam, se consigo abandonar a cama, os lençóis, e me exponho a elas.

As manhãs são assim, alvorecer, se estamos de saída, se o dia vem à frente, inédito. Aqueles alvoreceres quando chegava dos velórios com tia Dália, sonolento, ou os outros, muito depois, retornando dos programas da vida adulta e boêmia, em nada se assemelhavam ao alvorecer das partidas, dos inícios, das coxias do dia, onde sempre o orvalho da noite anterior. Eram, na verdade, crepúsculos, e após a proibição de minha avó, que relutei em cumprir, tornaram-se fardo porque, se por um lado aprazia-me acompanhar a tia em suas andanças, por outro me desagradava desrespeitar a ordem. Eu sabia que não custaria grande esforço para a vó avisar meus pais que estavam suspensas as férias na casa dela, por rebeldia minha, acarretando outras advertências, comprometendo aquele direito de estar aqui e lá adquirido a custo de respeito e obediência. A possibilidade de desapontar o pai e aborrecer a mãe também me desgastava. Compreendi cedo que o medo de desagradar é, de todos os medos, o mais paralisante, porém não me sentia seguro para ousar e correr riscos. Talvez eu o transformasse em outros medos mais concretos, as ameaças de animais selvagens, as presas afiadas dos cachorros, ciganos salteadores, a caminheira da noite com a lamparina na cabeça. Novamente são conjecturas e obedecem a interpretações desnecessárias, divãs de psicanalistas, fruto dos labirintos da memória, não passam de rasteiras do tempo.

Eu vinha espichando, a avó notava a cada temporada de férias ao me medir com os olhos de cima a baixo. Sem a proteção da amoralidade infantil, o comportamento de tia Dália passou a me incomodar. Quando saíamos à rua, envergonhava-me agora a reverência feita nas portas das casas onde, mesmo fechadas, ela sabia da existência de um crucifixo ou qualquer outro ícone afixado pelo lado de dentro da madeira, e o cumprimentava. Variava, no cumprimento, de uma simples genuflexão seguida de breve beijo na ponta dos dedos, até jaculatórias se houvesse ali mais de uma imagem, ou uma ave-maria, talvez a salve-rainha, caso o morador tivesse distribuído pela porta a quantidade de imagens sacras que em outras casas costumam ocupar os oratórios. Não fazia muito, ela havia se ajoelhado na calçada estreita, prejudicando a circulação das pessoas, porque descobrira que no corredor de entrada daquela meia-morada haviam espalhado quadros com toda a *via crucis* de Jesus. Ela invocava, em lágrimas redondas, cada uma das estações pela qual ele passara até alcançar a colina do Gólgota e a crucificação, levantando-se, ao final da reverência, lavada em pranto, como se apenas naquele momento tivesse sido informada do ocorrido.

Pesava-me o constrangimento porque o sabia sem efeito. Tia Dália não admitia interferência em suas convicções nem discutia esses assuntos. Caso eu insistisse, ela me excluiria da programação, tomando uma criança menor para companhia, e embora impaciente em vários momentos, eu ainda não me desinteressara por completo daquelas diligências.

O espelho de prata

Minha mãe tinha o mesmo porte severo da fachada da casa da Rua das Étoiles, onde nasceu. E, semelhante à fachada, iluminava-se inteira se fosse olhada com o interesse e a delicadeza de quem lhe devotasse afeto.

Ela foi a segunda filha dos meus avós, mas se tornou a mais velha depois que o primeiro morreu da cirrose hepática convertida em insuficiência respiratória aguda. Foi minha avó quem solicitou ao doutor Francisquinho que atestasse o óbito considerando uma causa que não dissesse mal da reputação da família nem do morto. Da mesma maneira, na época devida, solicitou ao tabelião do Cartório do Registro Civil para rejuvenescer minha mãe em três anos a fim de adequá-la à idade do meu pai, com quem estava de casamento marcado, após os trâmites breves de namoro, noivado, pedido da mão e consentimento.

O casamento foi simples e a cerimônia ficou restrita à família, uns poucos amigos, alguns compadres e duas colegas do internato na capital, onde a noiva vivera o final da infância, a adolescência e início da juventude, graduando-se professora normalista, numa época onde formação acadêmica estava ao alcance de poucas mulheres. A simplicidade da cerimônia pegou a todos de surpresa, por se tratar da moça mais reverenciada da cidade. Todos a cortejavam, embora poucos se atrevessem a ultrapassar os limites impostos por minha avó, que não confiava a filha nem ao próprio pai para acompanhá-la aos salões domiciliares onde se realizavam as festas dos finais de semana e onde se podiam conhecer ou reencontrar os jovens estudantes de fora, filhos de famílias próximas ou egressos de outros estados, aventureiros, desconhecidos, como era o caso do meu pai e, algum tempo depois, do tio Tupi.

A lua de mel foi a três. Pouco antes dos noivos seguirem para o litoral, minha avó decidiu que seria mais prudente acompanhar a filha, afinal elas não paravam de chorar durante os preparativos das malas de viagem. Meu pai, rapidamente afeiçoado à sogra, e por não se achar em condições de enfrentá-la, não se opôs. Assim, meu avô ficou livre para executar o que realmente gostava de fazer: despender longas horas do dia sozinho, perambulando pelo canavial que ocupava grande parte do quintal da casa, conferindo os ninhos das galinhas no chão e dos canários nos galhos das árvores. Foi por essa época que ele começou a se interessar pelos pombos-correios, iniciando o processo de isolamento do qual viria a escapar através das asas desses pássaros e, mais tarde, quando decidiu construir o barco de madeira.

Ao retornar da lua de mel, os recém-casados abriram juntos a carta de nomeação enviada da capital, oficializando a contratação de meu pai para um cargo de confiança do Governo do Estado, por solicitação de dona Emerenciana, "A quem devotamos protestos da mais alta consideração e estima", li, no cartão que acompanhava a correspondência, inúmeras vezes e muitos anos depois, sempre que, incomodada com as ideias subversivas que erroneamente me atribuía, a avó resolvia me lembrar de quem éramos.

"Hoje sou o espectro de tudo o que fui", minha mãe não cansava de repetir, olhando-se no espelho com o qual circulava pela casa e do qual pouco se afastava desde que começou a envelhecer. Não havia nessa afirmação necessariamente queixume. Muitas vezes ela fazia troça com os estragos do tempo, parecendo se divertir com a devastação, não acreditar nela, ou desafiá-la, de maneira insana. Outras vezes demonstrava real surpresa diante da descoberta, o súbito vinco, a perda de elasticidade na pele e de flexibilidade nos membros, as manchas senis pipocando feito milho no rosto e nas mãos, a flacidez das pálpebras. Corria para a caixa de papelão onde guardava as fotografias antigas, espalhava-as pela cama, deitava-se ao lado delas e reconstituía toda a parte ensolarada de sua trajetória.

Vejo-a, debruçada sobre as imagens, comentando consigo, ou com um de nós, aquele flagrante, o banho de mar no branco e preto do papel desgastado, a temperatura da água do riacho onde mergulhava agora, o sabor doce do caju que tinha na mão, "que safra aquela!", a chuva insistente alvoroçando o piquenique, a charrete de toldo azul, na qual gostava de circular pela fazenda. Ou então redescobrindo vestidos esquecidos, amigas perdidas no tempo, aniversários dos filhos, a primeira comunhão de Edmundo, pessoas a quem não reconhecia mais, lugares onde nunca mais voltou. Eu muitas vezes fingia não acompanhar aquelas incursões pelo passado, evitando repercutir as histórias, mantendo-me calado e au-

sente. Considerava aquele turbilhão de lembranças desgastante para ela e eram tão repetitivas as histórias. Para mim, em especial, escolhido desde menino para as confidências.
O meu distanciamento não perdurava. Esperava-a dormir, muitas vezes com a fotografia da formatura em cima do peito, protegida pelas mãos cruzadas sobre a moldura, o espelho largado na cama, e entrava no quarto, reorganizava os retratos, guardando-os na caixa de papelão, evitando que seus movimentos no colchão durante o sono colocassem em risco essas pegadas, para as quais certamente desejaria voltar no dia seguinte ou no outro, ou no outro.

O uso do espelho oval, que havia sido da bisavó Lama, fazia as vezes de talismã, com o qual procurava se proteger da voracidade dos anos, deduzi aos poucos. Talvez fosse uma manobra para tentar flagrar o tempo no instante exato da atuação, de modo a interferir com algum efeito contrário, ou coisas assim.

A partir de certa idade todos os seus passos se dirigiram para trás e ela fincou pé contra o vento, na ordem inversa dos movimentos. Aquele vento que, sem parar de soprar, desfaz as pegadas impossibilitando em definitivo qualquer tentativa de pisar de novo o mesmo chão. De lá, desse lugar para onde também me volto agora, nunca mais retornou.

Assim, ela revivia a longa temporada no internato, o colégio das freiras onde entrou menina e permaneceu até a formatura do curso normal. Chorava as primeiras noites com saudade de casa, sobretudo da mãe, de quem nunca havia se separado, cúmplices em feminilidades. Debruçava-se no peitoril da janela que se abria para o pátio interno, onde a irmã Dulcinda tocava a Ave Maria ao piano, nos finais de tarde. Todos nós sabíamos, mas ouvíamos outra vez, ou fingíamos ouvir, que as meninas tomavam banho, vestidas no camisolão branco, e apenas uma de cada vez, vigiadas pela freira que estivesse de guarda. A disciplina dos horários: desde as rezas e as refeições até a hora de apagar as luzes, silenciar e dormir. Fechado o cortinado de pano separando o quarto das freiras do quarto das alunas, ninguém podia mais conversar ou se levantar da cama sem a permissão de quem, naquela noite, fizesse a sentinela. E havia as irmãs oblatas, de famílias pobres, responsáveis pela limpeza, pelas plantações no sítio, a manutenção do jardim, a ordenha das vacas e os cuidados com os animais de corte.

Aguardava, ansiosa, as cartas da mãe que só chegavam às suas mãos depois de abertas e lidas pela Madre Superiora. O mesmo acontecia com todas as outras correspondências, qualquer encomenda, uma cesta de frutas do quintal, a valise com o vestido novo, as balas de coco que Tiana fazia especialmente para ela e enviava na Páscoa.

Estando sem sono à noite, e aborrecida pela saudade, a melancolia ou o tédio, chamava a freira de plantão: "Irmãzinha, estou precisando de um zé-pereira", nada mais do que um biscoito de polvilho com gosto de açúcar e leve toque de canela, cuja finalidade era esquipar o tempo, movimentar a noite e forrar um estômago vazio de sossego. Em nossa casa adotamos a estratégia. Quando um de nós precisava de atenção, um remanso, carinho, talvez um doce, dizia: "Estou precisando de um zé-pereira". Todos entendiam a mensagem, mesmo quando não a consideravam ou não tinham nenhum zé-pereira para oferecer, a mesma fome acometendo a todos.

Com o tempo afeiçoou-se ao colégio e habituou-se às rotinas, à hierarquia, à disciplina e aos novos costumes — a casa da Rua das Étoiles cada vez mais distante. Havia períodos em que relutava retornar para as férias, época em que a mãe a esperava com os doces em calda, os animais cevados e separados para o abate, a galinha ao molho de tamarindo, antiga receita de família, e as frutas da estação. O terreiro bem varrido para ela sentar à sombra do tamarindeiro e ler o livro trazido da capital, logo depois do café da manhã, onde não faltavam beiju e cuscuz de arroz, às vezes de milho, empapados na manteiga preparada à base de nata por Tiana, o beiju e o cuscuz ainda fumegantes, direto do fogo para o prato. Na mesinha de cabeceira do quarto de dormir, o pé de avenca dentro do vaso pintado à mão, "eu achava avenca a planta mais delicada do mundo", ela recordava. "Minha mãe, sem jeito para a pintura, pedia para dona Vitalina refazer os desenhos coloridos do vaso tão logo a pintura começava a esmaecer. Eu adorava o contraste do verde da planta com as cores vibrantes do vaso. Quando eu dormia, Tiana tirava o vaso da cabeceira e o deixava fora do quarto, ao lado da porta, porque podia aparecer lagarta nas folhas da avenca e entrar pelo meu nariz ou pelos ouvidos, mas voltava com ele para a mesinha antes de eu acordar, para não dar por falta", dizia, repetindo a história pela milésima vez.

Depois, deu de se incomodar com os modos do pai à mesa, a maneira deselegante de misturar o feijão com a farinha, antes de acrescentar o arroz, formando uma massa mais apropriada para servir de barroco às construções pobres. Escondeu os palitos da casa, e se flagrava o pai limpando os dentes com gravetos ou espinhos do limoeiro, juntava sua mão à dele e os retirava, numa recriminação silenciosa. O pai, compreendendo o que se passava, mas sem condições de abrir mão do hábito antigo, só recorria aos procedimentos em sua ausência, o que a deixava, de certa forma, penalizada, mas não o suficiente para permitir essas atitudes na frente de visitas ou de alguma colega do internato a passeio.

Lembrava dos saraus noturnos onde recitava poemas e cantava as novas cantigas aprendidas nas aulas de canto orfeônico, a maior parte cânticos sacros, porque não era permitido ouvir o rádio no colégio e as lojas de discos inexistiam. Como não havia piano na casa, e ela estudava o instrumento no internato, sentava-se à mesa de jantar e dedilhava a madeira, imitando, com a voz, o tom de cada nota. Ficava nesse movimento de deslizar os dedos sobre a mesa durante muito tempo, tocando as Bachianas de Villa-Lobos conhecidas recentemente, cantigas de roda, marchinhas de carnaval, o Magnificat e louvores da igreja. Até se cansar e disparar os dedos por todo o teclado imaginário, escorrendo-os de ponta a ponta, aludindo ao clímax barulhento do grande final. Na sequência, batia as mãos espalmadas sobre a mesa e baixava devagar a cabeça, agradecendo os aplausos do teatro lotado.

"Chegando ao palco improvisado na sala para dizer os versos ou apresentar as canções, minha mãe sentava-se na poltrona de retalhos e acompanhava o meu desempenho, cheia de vaidade." O pai espiava da porta, fumando o charuto e aplaudindo ao final de cada apresentação. Se estivesse inspirado, ou tivesse bebido um trago da aguardente escondida entre os pés de cana do quintal, juntava indicador e polegar na boca, assoprava e produzia um assovio rascante, logo censurado por minha avó com abano contundente da mão e o mesmo olhar paralisante dispensado aos filhos e às meninas de criação quando os queria advertir. As freiras do Sagrado Coração estavam presentes, padre Juarez, dona Vitalina, talvez dona Ema, mulher do prefeito, e só. O resto eram comentários pela cidade, especulações e a curiosidade de quem não tinha acesso a essas tertúlias.

Quando Lazinha veio morar na casa e começou a apresentar os saraus de leitura ao lado de tio Rodrigo, ela foi perdendo o interesse, deixando o palco para a menina, voltando a atenção para as festas em outros salões da cidade, onde se exibir para plateias maiores e conhecer pessoas. Rapazes.

Os donos de lojas de tecido a convidavam para escolher os cortes recém-chegados, na certeza de que, vestida por ela, toda peça teria saída, esgotando o estoque, incentivando as vendas em geral e aumentando o prestígio do comerciante.

Agora, ela revivia a excitação de estar em pé frente ao balcão de madeira, ao lado da mãe, dividida entre a cambraia de linho perolado e a organza de seda azul, sob medida para o vestido que dona Mundiquinha entregaria em dois dias, no máximo três. "Leve os dois, para quê o sofrimento? seu Antônio da Seda insistia, abrindo as peças sobre o balcão, fazendo trepidar a madeira à medida que a peça ia sendo exposta, pedindo para eu sentir o toque do tecido, mas mamãe permitia só um de cada vez. Mimada como era, achava sempre que havia feito mau negócio, a organza de seda agora mais bonita do que a cambraia de linho escolhida."

Aos salões comparecia acompanhada da mãe. Os pares da dança selecionados em casa, sem possibilidade de outras escolhas durante a festa: "O filho do compadre Viriato, o menino do doutor Manezinho, seu Feliciano da Izildinha,

Dilermando Ventura, que se formou agora na capital, padre Juarez, se estiver por lá. Se compadre Guilhermino vier tirar, eu digo para você ir, mas você não vai porque embaixo daquele quieto reside um velho saliente, e eu sei — mamãe dizia."

Eu ouvia o relato mais uma vez: "Exatamente naquela noite compadre Guilhermino veio me convidar. Minha mãe disse: 'Vai, filha', e eu, sem jeito: 'Obrigada, seu Guilhermino, não vim para dançar.' Ele se retirou, batucando os dedos na palma da outra mão, fingindo se divertir, simulando naturalidade com a tábua que eu tinha lhe dado — 'dizíamos dar a tábua' quando a gente não aceitava o convite para a dança ou recusava-se um pedido de namoro, e nisso eu era exemplar. O piso do salão estava brilhando, doutor Dilermando e a esposa Chuta sempre foram vaidosos com as coisas de casa. Ele mesmo espalhava lascas de cera pelo assoalho para deixá-lo liso, lubrificando os passos da dança. Dona Chuta dizia, apontando para o trabalho do marido, 'olha o brilho, até parece que cobra lambeu'. Os sapatos, durante a dança, enceravam o piso e a gente acompanhava os riscos que eles iam deixando pelo chão, tentando interpretar os significados dos traços de estearina, porque naquela idade tudo tinha um significado e era prudente ficar atento aos sinais.

No momento em que o filho de dona Expedita, que eu não via há tempos, e tinha se transformado num belo moço, tomou o nosso rumo, criei alma nova. Mamãe me fuzilou com os olhos, mas ele atravessou o salão, chegou à mesa, nos cumprimentou e pediu permissão para dançar. Mamãe, ao mesmo tempo que me incentivava a ir: 'Vá, minha filha!', elogiando, inclusive, o porte do rapaz, me beliscava por baixo da mesa, proibindo. Não tive dúvida: levantei e me voltei para ela, desafiando o olhar de surpresa: 'Muito bem, mamãe, já que a senhora insiste, eu vou'. E saímos dançando, deslizando pelo assoalho coberto pela estearina das velas, ele exalando uma fragrância delicada, tão diferente dos perfumes adocicados que nunca me agradavam nos rapazes. Eu, apavorada, mas feliz da vida, surpresa com minha ousadia. Terminada a primeira seleção, ela foi até o centro da sala, me pegou pelo braço e, desculpando-se com as pessoas à volta, falou que estava na hora de irmos para casa, a festa para nós estava encerrada, o chão estava liso demais e a cor da minha cara não estava das melhores. O calor nas maçãs do meu rosto denunciava a cor das bochechas, portanto, mesmo sem vê-las eu sabia que não poderiam estar pálidas, como ela queria dizer.

Havia chovido e eu vinha pelo meio da rua pisando nas poças d'água, enlameando meus sapatos, as meias e toda a barra do vestido. Da calçada, olhando sempre para a frente, sem se voltar para mim uma única vez, ela dizia: "Formiga quando quer se perder cria asas, mas eu estou de tesoura na mão, a senhora escutou?". Eu não dava ouvidos, continuava resmungando e pisando nas poças, me maldizendo: "De que adianta ser bonita se não posso fazer o que eu quero? Do que serve ser normalista se para minha mãe não passo de uma demente? O que é que o moço vai pensar da minha saúde se a senhora diz na cara dele que estou pálida, tua cor não está das melhores? Quem vai se interessar por uma farmácia de vestido?". Ela esbravejava do lado de lá, dizia que não tinha filha em idade de namoro, que eu estava proibida de sair de casa, de subir no pé de tamarindo, de comer abiu, que eu amava, de ler os romances que trazia da cidade, de brincar com as marionetes do meu avô, ah, tempo bom, Deus do céu!".

"Tudo o que foi meu escravo, hoje é meu senhor", concluía, na constatação sempre renovada do nocaute do tempo.

Quando menino, todas essas narrativas me embeveciam, porém a repetição as desgastou, especialmente quando, na velhice, minha mãe as revivia com uma intensidade que por vezes parecia apenas a exaltação das lembranças, mas por outras, o desespero das impossibilidades, e essa sensação a um só tempo me comovia e contaminava.

Não foi, contudo, em nenhuma dessas ocasiões que meus pais se conheceram, embora ele tenha frequentando um ou outro salão levado por algum conhecido, morador da cidade. Depois da colação de grau, ainda na capital, ela estava na praia em companhia de tia Hilda, tia Inácia e minha avó. Lutando contra a areia que grudara nos pés molhados impedindo-a de calçar as sandálias, suando ao sol do meio-dia, apesar da rajada de vento, ela se impacientava procurando se livrar da mistura de areia e água, ao mesmo tempo que tentava manter na cabeça o chapéu de palha de arroz, sem o qual não se expunha ao sol. Ele surgiu na direção contrária ao mar, conduzindo um balde com água doce. Agachando-se ao lado pediu permissão para lavar seus pés e ajudar a calçar a sandália. De tão surpreendente a aparição e diante de tamanho atrevimento, nenhuma das quatro se manifestou, limitando-se, todas, a olhar para ele. Minha mãe, com a naturalidade de quem respira, esticou as pernas, ofereceu os pés, permitindo que ele os lavasse com as duas mãos e os enxugasse com a toalha branca que trazia estendida nos ombros.

A este encontro minha avó não opôs resistência, aceitando-o de imediato, acreditando apenas na intuição que lhe dizia estar diante do homem adequado para aquela filha, embora sequer soubesse de quem se tratava nem de onde vinha.

Casaram-se dali a três meses.

As alianças

A disciplina do internato não repercutiu fora de lá. Minha mãe defendia a liberdade acima de tudo, os desejos iminentes, os pequenos vícios do cotidiano, repetindo que nem a própria disciplina era capaz de escravizá-la, porque antes de qualquer coisa vem a comodidade, o prazer de realizar um desejo imediato, o desfrute do aconchego familiar, e a vida é curta e frágil demais para ser despendida em formalidades e cumprimentos de obrigações dispensáveis. Compromissos agendados poderiam ser desfeitos sem hesitação, nossos uniformes não precisavam seguir à risca o modelo indicado pela escola porque nem sempre seu gosto coincidia com o figurino sugerido, e não estávamos obrigados a ir à aula caso acordássemos indispostos ou, por exemplo, se amanhecesse chovendo, o céu de nuvens carregadas que a encantava. Ainda ouço-a dizer: "Não sei se amanhã teremos a oportunidade de estar juntos para ouvir o barulho da chuva deitados na mesma cama".

Uma aptidão assim para o que é frugal e urgente a impedia de aceitar a gravidade da vida. Ela não admitia dar satisfações a ninguém, menos ainda alterar suas convicções para agradar quem quer que fosse. Falava: "A humanidade não merece santos, nem heróis, nem suicidas, e não tenho vocação para palmatória do mundo". Dessa forma, nossa casa estava em ordem de acordo com a capacitação das empregadas do momento e a boa vontade das meninas que minha avó transferia após recebê-las dos pais para isto mesmo.

Dos trabalhos domésticos, ocupava-se apenas dos procedimentos estéticos, os arremates, fazendo questão de ressaltar que não tirava sequer uma cadeira do lugar para o peso não dilatar as veias das mãos. Comedia-se no sorriso para evitar rugas nos cantos da boca, embora aqui talvez se tratasse de uma jocosidade alimentada para nos fazer rir, enquanto continha o movimento exagerado dos lábios pressionando-os com os dedos, evitando a formação das rugas, a cada gargalhada. Era raro, contudo, minha mãe gargalhar, permitir-se esses frouxos considerados levianos ou excessivamente comuns. Mamãe seria capaz de margear a leviandade, mas em nenhuma hipótese atracaria ali.

Seus cheiros, desde quando morávamos afastados das cidades grandes, foi dos cremes e das essências. Travesseiros, lençóis de cama, a toalha de rosto no banheiro, tudo testemunhava o seu manuseio. Nunca perguntei de onde eles vinham, onde ela os mandava buscar. Deviam vir de lugares distantes porque na pequena cidade não havia aqueles artefatos, nem se dispunham dos sândalos que ainda hoje me acometem, transportados pelos ventos da memória. Alguns deles foram presentes de mascates que diziam importá-los dos quatro cantos do mundo, e frequentavam a casa da vó Ciana, porém mamãe não confiava nessa gente, a quem chamava de mambembes aproveitadores, carcamanos sem eira nem beira, valendo-se desses produtos apenas para demonstrar a um ou a outro comerciante um gosto dissimulado, se minha avó cobrava dela alguma atitude de consideração com eles em agradecimento pelos presentes.

Muito antes deste levante contemporâneo contra o sol e os efeitos nocivos dos raios ultravioleta, ela não atravessava a rua sem a sombrinha aberta. Para isso as colecionava em várias cores e padrões e as escolhia de acordo com o estado de ânimo daquele dia ou a roupa que estivesse vestindo. Em dois verões especialmente quentes, quando atravessamos uma estiagem rigorosa, mandou confeccionar luvas de tecido e as usava quando saía de casa sob o sol, provocando os mais variados tipos de comentários, que nem se dava ao trabalho de escutar.

Quando nós, os filhos, fomos pequenos, se mamãe desejava ter-nos ao colo, sentava na cadeira, na cama ou no sofá e pedia ao meu pai ou a alguém por perto para nos levar até ela, evitando o esforço de nos levantar do chão. Na verdade, minha mãe não se interessava por coisas que exigissem algum nível de esforço físico, desconsiderasse suas crenças ou colocasse em risco sua autoridade. Uma autoridade que não se manifestava em atitudes rígidas ou levantes de voz, mas na demonstração sub-reptícia de que sua existência nos precedia a todos, e isso estava posto. Não amamentou nenhum de nós no seio por considerar antiestético e primitivo. Túlia, aluna do primário, escondeu-se muitas vezes no colégio até conseguir demonstrar a vergonha que sentia quando Dita, na hora do recreio, levava o lanche preparado há pouco, na bandeja areada, coberto pelo guardanapo de linho engomado, enquanto as outras crianças compravam a merenda na cantina da escola ou traziam de casa dentro das lancheiras de plástico enfeitadas com decalques coloridos.

"Tudo frio e sem gosto", ela disse, criticando o mau agradecimento. "Quantos filhos gostariam de estar no seu lugar, minha filha. A vida é mesmo injusta: uns choram porque apanham, outros porque não lhes dão."

Entretanto, reconhecendo o mal-estar de Túlia, embora sem justificá-lo, suspendeu as bandejas, mas proibiu a compra de qualquer guloseima na cantina, a troca de lanches entre os colegas, restringindo a merenda aos preparos que iam de casa, agora levados pela própria Túlia, de manhã, ainda enrolados nos guardanapos muito alvos, dentro da lancheira com apliques em alto relevo comprada na capital.

Acompanhando as histórias da mocidade de minha mãe, reiteradas pela avó quando a gente sentava à porta para tomar a fresca da noite, eu buscava compreender uma personalidade em que força e fragilidade conviviam de uma maneira que, para nós, os filhos, era surpreendente e nos desestabilizava. Para ela, entretanto, parecia sempre em harmonia, por conferir à vaidade — a pessoal e a familiar — condição humana inevitável, e fonte do respeito que todos lhe dispensavam. Mamãe mantinha-se célere, tratando toda a gente de forma aparentemente igual, retribuindo com discrição as atenções recebidas. Quantas vezes a atitude mais cordial de simplicidade esconde, atrás da cortina de fina seda, a forma mais refinada de vaidade. Vaidade que não comprometia um legítimo desejo de felicidade alheia, pois a estabilidade externa, a ausência de morbidades e de conflitos que não lhe dissessem respeito a liberavam para usufruir o próprio bem-estar, deixando-a à vontade entre os muros do castelo que erguera para si.

Mas acontecia de ela entristecer ou se frustrar se alguma expectativa não era cumprida ou não recebia a atenção que julgava merecer. Longe de expressar sentimentos melancólicos ou depressivos, ela os transformava em ira. Uma ira pulsante, inconformada, passível de sofrer um risco na matéria, tamanha a concretude. Minha mãe, de grandes sentimentos, sabia odiar, e nesta zona de crepitante fogo se entrincheirava contra a tristeza. O ódio é prerrogativa dos grandes, dos atrevidos. Do pequeno é o ressentimento, a ruminação de mágoas, a tristeza injustificável, o perdão inocente. Minha mãe foi grande e soube odiar. Embora afetuosa e, muitas vezes, terna, mamãe não deixava de exigir a parte que a vida lhe devia por obrigação, e ela não duvidava um segundo sequer desse merecimento.

Eterna credora da vida, agiota da vida, a mãe. A vida éramos nós, a família, os amigos, meu pai.

Meu pai cumpriu este papel com fidelidade até o dia em que, aos oitenta e dois anos, saiu de casa para comprar as frutas do café da manhã para ela e não retornou.

Encontrei-o, dois anos depois, de volta à sua terra, de onde havia partido ainda na juventude, na manhã do seu casamento, ao admitir que a noiva destinada a ele pelo pai não correspondia em nada ao que esperava do futuro. Pareceu-me em paz, acompanhando a colheita de milho no sítio do parente que não cheguei a conhecer porque estava em caçada e demoraria dois dias para retornar.

Pareceu-me realmente em paz.

Ele havia esperado quase sessenta anos para esvaziar o balde onde trouxera água doce para a servidão.

O marinheiro

Estávamos na praia, eu e tia Dália. Completara treze anos fazia pouco. Não havia quase ninguém por ali, uma quarta-feira de céu nublado. A tia dizia que a quarta-feira era a gangorra da semana porque, bem no meio dos dias, tanto podia retroceder para a segunda como avançar à sexta, e podíamos nos sentar, cada um em sua ponta da tábua, iniciando a brincadeira de ascender e retornar ao chão, dominando os movimentos do tempo. Quando no alto, ela dizia: "Cheguei à sexta-feira e você retornou à segunda". E depois falava o contrário. A quarta-feira é móvel e estamos montados nos ponteiros deste relógio de madeira, o balancê das horas, como fazíamos no parque de diversão do seu Viriato. A tia continuava enxergando através das coisas, iluminando os avessos, ignorando o que fosse limitado e trivial. Se a experiência de ver é a única garantia confiável de realidade, tia Dália via mais do que todo mundo porque seu olho não se apartava da alma para enxergar. Pelo contrário: era por intermédio da alma que o seu olho via.

    Naquele dia, vestida numa combinação preta até os joelhos, ela se mantinha calada desde a manhã. Eu a observava também em silêncio, enquanto lia o romance de capa dura que levara para as férias. De repente ela falou muito baixo, sentada na areia e mirando a cúpula da árvore: "Sou igual a essa palmeira: alta, magra e solitária".

Tia Dália vinha entristecendo nos últimos tempos. Uma tristeza imperturbável, impoluta, hermética, por onde não entrava a mínima réstia de luz, toda assim imaculada, num abandono de alma, apenas o físico caminhante, sem sossego, sem destino. Sua natureza pulsátil, porém, alternava a melancolia e o silêncio, com excitação e alegria, num maravilhamento infantil. Maravilhada, divertia-se com pequenas atividades, ainda desalinhando o caminho das formigas para confundi-las, escolhendo cinco ou seis para acompanhar com os olhos, divertindo-se com as tarefas delas, "cada uma tem o seu destinozinho", dizia e as seguia para ver se encontrava a muralha do palácio construído naquela disciplina toda. Ou enfezava, impaciente, desfazendo as novas trilhas que se formavam após desalinhar as anteriores, "essas elementas fingem que trabalham, mas gostam é de bater perninhas pelo quintal", dispersando-as todas, que corriam para um lado e outro atarantadas. Podia ficar muito tempo observando os pedaços de folhas transportados e sorria enquanto os deslizava entre os dedos da mão. Falou, um dia, manipulando a folha seca: "Tem a mesma natureza da pele da vovó". Registrei, porque tia Dália pouco entrava no quarto de sua avó Lama, não a tratava por vovó e nunca as vi trocar qualquer tipo de carinho. Tia Dália sempre foi arisca para os contatos físicos. Nem mesmo com a gente, os meninos, nos momentos de brincadeira. Certa vez largou todo mundo no banho de rio e subiu a ladeira praguejando contra as indecências porque Edmundo tentou abraçá-la pelas costas, numa dispensável demonstração de intimidade.

Quando tirou os olhos da palmeira, levantou e se pôs a caminhar, balançando os braços e chutando a areia: "Uma vontade de voar. Hoje queria tanto ser pássara!". E sorriu, voltando-se para mim, fazendo-me compreender que a tempestade que a acometia encontrava novamente água por onde escorrer.

Estendeu-me as mãos, levantei-me e saímos correndo em direção ao mar.

As ondas estavam altas e me mantive na beira, enquanto tia Dália ia entrando cada vez mais, ficando a cada momento menor até desaparecer sob as ondas. Permaneci em pé e comecei a chamar por ela. Nada. Chamei de novo, mas ela permanecia submersa. Gritei para um banhista ao lado e pedi que mergulhasse atrás da minha tia, eu não sabia nadar. Ele mal se lançara no mar quando a vi embaixo d'água nadando em minha direção, contorcendo-se, feito um imenso tubarão preto. Ao emergir, estava morrendo de rir e passou a mão pelo rosto para alinhar os cabelos e desanuviar os olhos empapuçados de água. Não quis aborrecê-la com cuidados e fiz de conta que também achava engraçado.

Ela saiu do mar, os cabelos soltos batendo na cintura.

O banhista, um holandês de passagem pela cidade, também saiu da água e tentou se comunicar em nosso idioma. Tudo o que consegui entender foi que ele era um holandês de passagem pela cidade e desembarcara do navio que se podia ver quase na linha do horizonte, para onde apontou com o dedo. Tia Dália demorou para erguer os olhos da areia, mas quando ergueu voltou-os para os olhos do marinheiro, sorriu para ele, estendeu-lhe os braços e segurou suas mãos, ambas as mãos. Ela disse que o conhecia da canção e esperava por ele, voltando a sorrir um riso calmo. Pela primeira vez percebi que tia Dália não era uma mulher feia, reconhecendo algo de grácil naquela beleza. Na verdade, foi a primeira vez que percebi que tia Dália era mulher. Talvez tenha sido a primeira vez que reconheci o feminino e os seus brocados, os internos, nem sempre perceptíveis do lado de cá.

Com a mesma naturalidade com que segurou as mãos do desconhecido ela as soltou e, puxando-me pelo braço, se danou a correr para a barraca, onde o peixe frito que eu havia pedido já estava sobre a mesa feita do tronco de jacarandá, ouvi quando os homens discutiam sobre a origem da madeira percutindo com os nós dos dedos. Apenas eu comi o peixe, deixando respingar sobre ele o sal dos cabelos e as gotas de limão. Ela provou duas ou três lascas, segurando a outra metade do limão, os olhos no navio em alto-mar, repetindo África, África. Em algum momento voltou a sorrir com brandura e desviou os olhos como se acabasse de se despedir ou fizesse derradeiro aceno para alguém que parte. Os seus olhos tinham o marejado de quem tivesse permanecido muito tempo dentro d'água e ainda refletisse na menina do olho o fundo do mar.

Permanecemos na praia durante toda a tarde, em silêncio, até que ela perguntou de dentro do buraco de areia onde se enfiara, apenas a cabeça do lado de fora: "Se eu morrer, tu choras?".

Balancei a cabeça como quem não considera a pergunta, agachei-me, e fui desfazendo com as mãos o túmulo de areia porque começou a chover e a gente gostava dos banhos de chuva. A chuva encorpou e saímos correndo mais uma vez em direção ao mar. Sequer imaginava o risco de atrair os raios. Apenas nos divertíamos com a cabeça voltada para cima recebendo o açoite da chuva na cara, a praia quase deserta. Senti-me de corpo inteiro feliz. Falei para ela, que chapinhava a água em minha direção: "Se a senhora morrer eu choro sim, tia". Tia Dália, sem parar de brincar com a água, virou a cabeça para o céu de chuva e gritou bem alto: "Coisa que não acaba no mundo é gente besta e pau seco, meu Deus!".

A tia ficava eufórica após a chuva desabar. Antes disso, enquanto as nuvens apenas montavam a chuva, escurecendo até virar chumbo sem se desfazer em água, ela se impacientava, caminhando de um lado para outro, avexada, o peso das nuvens sobre sua cabeça impedindo que ela encontrasse algum compartimento dentro de si onde se instalar. Noutros momentos, deslizava a mão pelo peito como quem precisa desfazer um nó arrochado que se alojou por dentro do vestido, ameaçando o fôlego. Experimentava o mesmo alívio com as menstruações, descobri quando relacionei momentos de intensa agitação seguidos de tranquilidade e calma, aos panos sujos de sangue que ela lavava agachada no rio, de costas para mim, em local de água corrente. Uma tarde comentou comigo enquanto, de pé no terreiro, apalpando o ventre, acompanhava o escurecimento do céu, de onde, no entanto, não despencava uma única gota de água: "Se a gente pudesse ordenhar as nuvens...".

Saímos da praia ainda debaixo d'água, tiritando de frio. Tia Dália fez o coque no cabelo molhado depois de torcê-lo com a mão e se enrolou na toalha enquanto eu também me enrolava na minha toalha e entramos na jardineira seguindo até o bonde. O bonde partiu. Arrepiei-me de um frio bom. Dei-me conta novamente de habitar um momento de extravagante felicidade. Reconheci em minha tia, que agora sentada ao lado da janela aberta enxugava o cabelo na toalha, alheia a tudo, a origem daquela sensação de bem-estar assim tangível e fisicamente real.

Na manhã seguinte caminhamos até o mercado a fim de renovar o estoque do achocolatado que ela tomava toda noite antes de dormir, quase nunca à venda no interior. Depois do almoço embarcamos no ônibus e chegamos à hora do jantar. A avó pediu notícia de todos e apenas eu falei, fazendo o relatório individual. Tio Rodrigo mandara dois cortes de tecido para dona Mimosa costurar duas camisas para ele e pedia um dinheiro extra porque a mesada havia chegado ao fim apesar do mês ainda ir pelo meio. Tia Inácia estava namorando um viajante do Sul e planejava viajar para os pampas, mas a avó não me pediu detalhes e mudou de assunto. Sentamo-nos à mesa e começamos a comer o tatu no leite de coco que Menininho do Cão, o vaqueiro do sítio, havia caçado. De repente, tia Dália, batendo a colher na beira do prato vazio, disparou numa gargalhada que a fez se levantar, sacudir-se inteira até quase engasgar com o próprio riso, permanecendo assim, gargalhando e tremulando ao lado da mesa, atraindo os olhares de todos, menos o da avó Ciana, que, com a cabeça voltada para o prato, acrescentou pimenta malagueta ao tatu e uma colher de farinha, continuando a comer, ignorando o que se passava ao redor.

Sem suspender o acesso, a tia entrou no quarto, bateu a porta e de lá só saiu três dias depois para tomar uma colherada de mel e beber um copo d'água.

De volta da cozinha, encontrando-me no corredor, ela disse, lá de dentro dela: "Todos nós temos os ventos internos". Demo-nos as mãos e fomos para o quintal, onde meu avô já estava. Ele havia chegado do sítio naquela mesma manhã e ficou cortando cana para nós três. Agora passava a maior parte do tempo no sítio do Céu Azul às voltas com o criadouro dos pombos-correios, cuidando de tudo, desde a escolha das matrizes até a higienização do pombal. Era o que nos dizia e era o que a gente via nas raras vezes em que íamos até lá. Nas férias do ano passado ele havia me mandado uma mensagem pelas pernas de Esmeralda, a pomba caçula, e a grande conquista havia sido a remessa de duas dúzias de jabuticabas para tio Rodrigo, na capital, acondicionadas em uma pequena mochila de couro confeccionada por ele, com as suas inicias grafadas em linha grossa de bordado. Desde que se empenhara neste ofício, apenas um pombo não cumpriu a missão: Esperidião nunca voltou da entrega de uma correspondência enviada ao Sul. Vô Jacinto descobrira o paradeiro da primeira namorada, a menina que conheceu quando ainda morava na fazenda do seu avô, antes da mudança de lá, e escreveu para ela um soneto que, segundo meu pai, dizia assim: "Dentre as milhares de fêmeas não há no mundo quem a confunda: pela pujança dos peitos, pela largura da bunda". Meu pai também dizia que Esperidião havia sido abatido em pleno voo pela espingarda da vó Ciana, cujo ciúme longe de demonstrar levantes de paixão revelava autoridade de proprietária. E todos riam da falta de jeito do avô no manuseio das individualidades. Ele rebatia dizendo que Esperidião ainda estava batendo asas por aí porque o Sul ficava no extremo oposto do país e havia muitos rios a sobrevoar. Vô Jacinto era fascinado por aquela região do país, mas sempre que se referia aos pampas, à geada ao amanhecer, à qualidade do gado, à beleza das mulheres e ao clima ameno daquele lugar, era obrigado a ouvir da minha avó: "O Sul só manda pra cá carne de segunda e gente louca".

Tia Dália gostava de ouvi-lo falar dos pombos, porém não fazia qualquer pergunta. Ele disse que na Segunda Guerra Mundial os pombos-correios foram utilizados para o envio de mensagens como um recurso alternativo de comunicação, e ainda agora o exército russo mantinha uma divisão para eles. Tia Dália me perguntou se os homens não judiavam dos pássaros por ocasião dos treinamentos. Perguntei para o avô e ele me garantiu que não, enfatizando que era um privilégio para o pombo ser credenciado para a função, lembrando-me da importância daquele que partiu da Arca de Noé à procura de terra e retornou com a folha no bico sinalizando o final do dilúvio. Dizia-se também que ele havia sido sondado por garimpeiros para fazer tráfego de diamantes utilizando os pássaros.

Contavam-se muitas histórias, contudo ninguém seria capaz de imaginar que, àquela altura, meu avô já construía no barracão ao lado da casa do sítio, em solidão e cuidados, o barco que mais tarde transportaria até o rio e no qual desapareceria para todo o sempre, obrigando minha avó a assumir uma viuvez da qual não se sentia inteiramente senhora, pois não houvera corpo para velar nem marido para ser chorado.

O bolo de isopor

A bisavó Lama amanheceu morta no dia em que completaria cem anos. Tiana percebeu o reboliço de Andradina cacarejando feito louca às primeiras horas da manhã, como se tivesse botado não um ovo, mas a ninhada inteira de uma vez e não se coubesse nas penas do corpo. Ainda assim levou algum tempo para dar crédito às estripulias da galinha, o seu alvoroço naquela manhã, pois, todos sabiam, Andradina cacarejava somente em causa própria. Há muito os de casa perceberam que o seu relacionamento com a bisavó era calcado em conveniências e interesses dos mais diversos. Desde a pousada na cama, distante do galinheiro cuja promiscuidade sempre a incomodou, até a certeza de que não chegaria à mesa servida ao molho pardo ou cozida em caldo grosso, destino habitual de suas parceiras, que dividiam com o mocotó, as caças e os grandes pratos de pertences variados como a feijoada e a maniçoba a preferência gastronômica da família.

    Tiana ainda estava nos preparativos do café da manhã, servido na cama para elas todos os dias, quando resolveu tirar do fogo a frigideira onde fritaria a banana da terra e entrar no quarto das duas, acudindo ao desassossego da galinha. Andradina silenciou tão logo a viu, pulou para a cama, enfiou-se dentro do mosquiteiro de filó e só voltou a cacarejar quando notou a cara de espanto da criada ao perceber que das três presentes àquele quarto apenas ela e a galinha poderiam ser consideradas viventes.

Sebastiana ergueu uma ponta do mosquiteiro, constatou o rosto inerte da bisavó e, apesar do susto, não esquentou assento. Voltou em cima do rastro, entrando no quarto da minha avó: "Vozinha Lama recebeu o beijo do anjo", resumiu. Pouco depois, e a despeito das recomendações de manter a discrição, a casa estava desperta, e logo em seguida, cheia. Foi o leiteiro quem deu com a língua nos dentes, tia Dália me contou, na volta do cemitério, como tudo havia acontecido cedinho, quando ainda não havíamos chegado para as cerimônias. Ela mesma não testemunhou os primeiros acontecimentos da manhã porque saíra de casa para acordar o rio, o sol espreguiçando, abandonando-se aos embates entre corpo e água na corredeira e nas delícias dos mergulhos em água fresca, "ainda orvalhada", fechou os olhos para dizer, numa excitação pouco apropriada para a circunstância.

A bisavó morrera em maio, fora do período das férias. Época mais adequada não poderia ter, considerando a devoção que as mulheres da casa tinham a Nossa Senhora Mãe dos Homens, presente em pessoa na ocasião por conta da peregrinação dos festejos marianos. No momento da cerimônia religiosa, hora de recomendar o corpo, a porta do quarto foi trancada, permanecendo ali apenas a família, padre Carmelo, encarregado da cerimônia, e dois amigos próximos, um deles, seu Argemiro, contemporâneo da morta. Ele atravessara sozinho quatro quarteirões em impressionante velocidade, na rudimentar cadeira de rodas mandada fazer depois que despencou do coqueiro ainda na juventude, comprometendo a movimentação das pernas, tão logo recebeu a notícia do leiteiro ao primeiro canto do galo.

Tia Dália me contou que não houve necessidade de fazer o transporte dessa vez. Durante os rituais, percebeu que a falecida já não se encontrava entre nós, tendo atravessado com desenvoltura os portais da eternidade, confirmando as suspeitas de que os desgastes físicos e mecânicos dessa vida de cá não correspondem às maneiras muito próprias de locomoção do lado de lá. Se tivesse dito isso a seu Argemiro certamente serviria de consolo para ele, sempre reclamando dessas carroças metálicas indispensáveis à movimentação desde a queda do coqueiro. Porém, tia Dália não falava do assunto com ninguém. Ao pedir para ela confirmar o que eu havia dito aos meninos a respeito daqueles conhecimentos excepcionais, ela permaneceu muda, feito uma Dama de Espadas, permitindo que todos caçoassem de mim o quanto quisessem. Depois, a sós, garantiu que se eu ainda comentasse com alguém a respeito dos ofícios, botaria um ovo quente em minha boca para me queimar a língua porque o poder concentrado é silêncio. "O silêncio", repetiu, alongando o dedo na frente da boca.

Após as oblações, enriquecidas pela rápida passagem da Nossa Senhora Mãe dos Homens circundando o ataúde, conduzida acima e adiante da cabeça do padre Carmelo, a porta do quarto foi aberta, seguida da abertura das janelas, por onde entrou o sol e um viajume de vento, e a casa se engalanou para as despedidas.

Adaptaram o cardápio programado para as comemorações dos cem anos, adequando-o à nova serventia. Das Luzes foi encarregada de retirar os confeitos do bolo para descaracterizar o aspecto festivo. Sentada num canto da cozinha de dentro, começou a desmontar cada um dos três andares de massa, escorrendo o dedo indicador pelas bordas peroladas, levando-o à boca sempre que se sentia em segurança para isso. Percebendo que era observada por tia Dália, não se inquietou e lhe ofereceu, na colher, e de onde estava, uma fatia da cobertura de glacê. Foi fulminada pelo olhar da tia que nem por toda a fome do purgatório botaria na boca o bolo do aniversário convertido em canapé de velório, apesar da aparência sedutora e do apreço dispensado aos doces em geral, ainda mais os de coco ralado, matéria-prima daquele lá.

Continuando o trabalho, Das Luzes chegou à pequena galinha de cera incrustrada na massa da cobertura, aludindo ao relacionamento entre a aniversariante e Andradina. Desgrudou-a com cuidado, guardando-a no bolso do vestido, antes que a própria o visse e reivindicasse para si os direitos que por certo julgaria ter. À vontade na função, Das Luzes sugeriu a distribuição das cem velas por toda a casa para alumiar os espíritos, certamente às voltas por ali. Vó Ciana interveio lembrando que não se tratava da fogueira da Inquisição, muito menos da iluminação da Muralha da China, limitando a queima de velas a quatro círios maciços dispostos nos grossos castiçais de prata em torno do ataúde, herança de família há algumas gerações. Das Luzes, que só tinha notícia de fogueiras juninas, e da China só conhecia os olhos puxados do Chan Tum Chan, dono da loja de brinquedos onde gostava de entrar para respirar o cheiro da borracha das bonecas e dos carrinhos, não compreendeu as alusões, passando a acomodar as velas longas e finas em pequenas caixas de papelão, à espera de celebrações mais festivas.

Nós chegamos no começo da tarde, depois de horas de suor e estrada, no momento em que Tiana servia o caldo do mocotó fumegando nas cumbucas. Quando mais velho, e já obrigado a controlar os colesteróis, fui informado de que a relação entre as temperaturas climáticas e gastronômicas deve ser compatível, ao contrário do que sugerem os que indicam comidas leves e refrescantes para o calor e comidas quentes e consistentes para o inverno, subvertendo o equilíbrio entre temperatura interna e externa. Assim, o verão seria exclusivo das saladas, das carnes delgadas e dos refrescos. Levando-se ao pé da letra essa ideia, a população habitante de lugares onde o inverno não passa de estação chuvosa, sem declínio de temperatura, jamais poderia experimentar o sabor selvagem da maniçoba, jamais sapecaria a língua na caçarola do cozido, se lambuzaria na variedade de carnes da feijoada nem se renderia ao caldo de mocotó feito por Tiana e servido nas cumbucas de barro, às vezes nas de porcelana, o que seria lamentável. Para encarar as tardes quentes de um verão incessante é necessário suar sobre o prato, enfrentar o prato de igual para igual, readquirir alguma selvageria, uma vez que não se deve voar em dias de terremoto portando asinhas de isopor ou de alface.

Diante do relacionamento formal que todos tínhamos com a falecida nos últimos anos, cuja morte representava apenas o epílogo da existência, talvez não fosse necessária nossa presença na casa em dia de semana, negligenciando as obrigações cotidianas de trabalho e estudo. A avó Ciana, porém, mandara avisar a todos os filhos que estivessem presentes, independente de afazeres pessoais, compromissos de cidadania ou indisposições de saúde, reiterando a máxima de que acima da fraternidade familiar apenas os poderes de Deus, "e olhe lá!", insistia, levantando o dedo indicador. Não estava permitida a perda de tempo nem qualquer argumentação em contrário. Fora marcado para aquele mesmo dia o sepultamento, passando-se por cima dos costumes locais que previam velórios mais prolongados a fim de esfriar o corpo antes de deitá-lo a terra, além do período de tempo necessário para ser devidamente pranteado. Vó Ciana considerou dispensável tal formalidade em virtude do avançado dos anos e das condições de hipotermia inerentes à senilidade da falecida. Quanto ao pranteamento prolongado, sugeriu que economizassem as lágrimas para vertê-las à prestação nas homilias do primeiro ano, agendadas na igreja.

Assim, na sequência de nossa chegada, entraram os da capital.

A avó recebeu o tio almofadinha com o entusiasmo de sempre, embora controlando a efusividade dos gestos. Ainda no abraço de cumprimento, ao pé do ouvido mandou-o trocar a camisa de quadriculados coloridos por algo mais adequado à situação, ordenando à tia Hilda que procurasse no armário alguma peça menos espetaculosa, "meu filho está mais enfeitado do que abajur de messalina", disse, só para ele ouvir. Quando, na sequência, dona Vitalina se ofereceu para preparar o café, atendendo ao pedido de Irmã Rosária de Jesus, avessa aos caldos de carne e aos salgados em geral, a avó acorreu, antes de receber o cumprimento de tia Inácia, a caminho: "Nem mijo de pinto nem sangue de galo, Vitalina", referindo-se à incompetência da vizinha na dosagem do pó, sempre pecando para menos ou para mais na consistência do café.

Tia Inácia engoliu o sorriso, realmente dispensável, abrindo os braços para acolher ao mesmo tempo ambas as mães: a dela e a minha. Tia Hilda, antes de cumprir a ordem da mãe, juntou-se às três e, à falta do que dizer, optou pela redundância: "Descansou!", como se a vida sossegada e confortável da bisavó Lama pudesse levar a qualquer tipo de cansaço, ou estivesse ela solicitando descanso. "Morreu como um passarinho", tia Hilda continuou, e franziu a testa à procura da lágrima que não se formou, sendo repreendida por tia Inácia, desenlaçando o abraço e desfazendo com discreta fricção do indicador a ruga na testa da irmã: "Chorar não é nada, a arrumação da cara para chorar é que são elas. *Mais non!*". Em seguida, passou a mão pela minha cabeça, piscou os longos cílios pintados de preto e falou, antes de se dirigir à cozinha para acabar de chegar e cumprimentar os que ali se encontravam em maioria: "O pintinho está virando galo de campina. *Ça va!*".

Em vez de me sentir constrangido, senti-me envaidecido pelo comentário, e finalmente olhei para aquela tia como membro da mesma cidadela a qual todos pertencíamos. Eu não sabia formalmente a respeito de tribos, cidadelas e confrarias, não havendo como perceber que, mais do que elementos da mesma célula, tínhamos afinidades e expectativas que nos apartariam da célula fundamental daquele corpo em um futuro não muito distante.

Diante do movimento de gente, louças e talheres, pouco se deu atenção a Andradina, circulando entre as pernas das pessoas e das cadeiras, cacarejando, de vez em quando, mas em silêncio a maior parte do tempo, vislumbrando o abandono para o qual estaria destinada, não fosse tia Dália. A tia, sentindo-se igualmente excluída dos comemorativos, agachou-se embaixo da mesa dos doces e a pegou no colo, fechando a cara e resmungando aquelas coisas que apenas ela compreendia. Ao passar por mim, rumo ao quintal, demonstrei estar disponível para acompanhá-las, mas já me cresciam os pelos no rosto, e ela deixou claro que os percebera, significando que seu interesse pela minha companhia começava a chegar ao fim. Naquelas horas de enfezamento o mais adequado sempre foi não incomodá-la. Não me senti à vontade para tomar a direção do canavial, para onde, com certeza, tinham ido, ela e a galinha. Permaneci na cozinha, observando tia Inácia de pé, ao lado de Das Luzes, acabando de guardar as velas nas caixas.

— Essas velas não seriam para as almas?

— Madrinha Ciana mandou guardar para acender outro dia.

— Por que não botar as velas no caixão para vó Lama entregar em mãos, criatura?

A menina se levantou com as caixinhas de papelão, ignorando a sugestão da tia, e levemente assustada com o comentário. O tio almofadinha, agora vestindo uma camisa de linho branco passada no ferro de Tiana, serviu-se do bolo e dos confeitos acondicionados por Das Luzes numa travessa para serem consumidos depois. Dispensando o garfo, usava os próprios dedos, sem se incomodar com os franzidos de boca e a troca de olhares entre as quatro freiras do Sagrado Coração, ao lado da mesa e à espera dos pratinhos. As professoras do colégio sempre enalteceram as medidas de higiene, ali defloradas por ele, que tanto se lambuzava com as fatias levadas da mão à boca, como chupava os dedos, um a um, envolvidos no glacê. As quatro continuaram olhando uma para a outra em silêncio. Irmã Rosária de Jesus, melhor posicionada, começou a servir o bolo e a reparti-lo entre as demais, entoando, baixinho, louvores da igreja, seguida pelas outras, formando desafinado coro de passarinhas em torno do bolo.

Mais tarde, todos se reuniram no quarto para os ofícios finais e o corpo da bisavó Lama foi levado ao cemitério pelas mãos dos homens da família, tão logo baixou o sol, acompanhado pelo saxofone do compadre Adamastor, conduzido pelas ruas entre orações, cânticos e louvores em um cortejo que só encontrou paralelo, anos depois, quando vó Ciana fez o mesmo itinerário em uma tarde de chuva incoercível, gerando o comentário que se espalhou entre todos os presentes na ocasião, inclusive eu: "Até a natureza está inconsolável!".

Os passarinhos

O tio almofadinha se chamava Rodrigo e era filho de minha avó com o seu filho mais velho, Bernardo, morto da cirrose hepática convertida em insuficiência respiratória, conforme o comentário de duas ou três línguas maledicentes da cidade.

De todos os filhos, Bernardo foi o mais dedicado a ela, consagrando-lhe em obediência e submissão as poucas décadas que viveu. Reconhecendo desde a infância o temperamento da mãe, evitou aborrecê-la com escolhas inadequadas ou desejos inoportunos, mesmo experimentando o amor sensual ainda na puberdade. Embora casmurro, fazia-lhe todos os gostos sem questionar ordens ou desconsiderar sugestões, por mais que intimamente não concordasse com isso e aquilo, procedendo, às escondidas, de maneira contrária. Diante da mãe agia como um carneiro domesticado, servil às determinações e soldado na tarefa de agradá-la.

Ouvindo as histórias deste tio, contadas longe de minha avó para não provocar recordações melancólicas, tomava-se conhecimento de que ele pernoitava no chão, ao lado da cama, caso ela tivesse qualquer problema de saúde, preparava-lhe com boa vontade o banho de ervas, quando ela solicitava, e certa vez, homem feito, de passagem pelo litoral, lhe trouxera água do mar no galão onde se transportava o querosene para os aladins, a fim de fazê-la desfrutar do mesmo prazer experimentado por ele ao se banhar nas águas salgadas do Atlântico pela primeira vez.

Quando, na cidade, alguém queria se lamentar do mau procedimento de um filho ou das divergências próprias dos relacionamentos domésticos, comentava: "Pena que Bernardo só existiu um e não foi parido nesta casa".

A maioria dessas pessoas desconhecia o episódio que em família era comentado à boca miúda, e aquelas que tinham conhecimento guardavam distância do assunto por não saber que conotação dar a ele; "segredos da *Maison*", tia Inácia gostava de dizer. Minha avó, percebendo o temperamento pacato do filho, que não chegou berrando a esse mundo, nascido em casa, de parto sem dor, decidiu torná-lo padre. Há algumas gerações não se formava um religioso na família e ninguém melhor talhado para o sacerdócio do que aquela criança serena. A despeito da alma delicada, o tio não tinha o menor interesse pelas coisas da religião, inclusive porque, extasiado com as obras do Criador, não admitia a existência na Terra de representantes dignos desse trabalho, chegando a fazer comentários pouco elogiosos aos sacerdotes que se atribuíam o papel. Suas convicções pouco ou nada interessaram à mãe. Aos treze anos, tio Bernardo deu entrada no seminário da capital, portando a mala preparada por ela, iniciando o processo da ordenação.

Ele conseguiu sobreviver à nova rotina durante exatos seis meses. No primeiro dia do sétimo mês anoiteceu, mas não amanheceu no quarto dividido com outros três seminaristas, partindo sem levar sequer a mala de roupas para o cabaré de Cheirosa Flor, na periferia da capital. O estabelecimento, conhecido em toda a região, ocupava seus devaneios, despertando desejos desde que ele reconhecera no corpo as demandas da carne. Chegou numa manhã ensolarada, portando apenas a roupa que vestia. Foi bem aceito. Permaneceu durante os últimos seis meses daquele ano usufruindo a proteção de Cheirosa Flor e cercado do carinho de todas as mulheres-mariposas que se dirigiam a ele como o "mascote que veio do céu."

Muito se especulou a respeito dessa temporada no cabaré, de como as coisas se passaram por lá. Tudo ficou na especulação, porque discreto, tio Bernardo não comentava o dia a dia com as mulheres, nem respondia a qualquer insinuação quanto à convivência com elas. Em público, ignorava a presença de doutor Humberto Salamanca, juiz de paz, amigo da família, pai de cinco filhos, assíduo frequentador do bordel quando em missão pela capital, e responsável por espalhar entre colegas de copo a alcunha que as mulheres haviam dado a ele. O máximo de intimidade a que o tio chegou foi comunicar muito tempo depois, quando começou a frequentar o Cu do Padre, bar do Nazário localizado nos fundos da igreja matriz, a única decepção sofrida naquele período: "As mulheres-mariposas não portavam asas nem saracoteavam em volta da lâmpada; em compensação, que pernas, Jesus!". Sabe-se apenas que, em agradecimento aos serviços recebidos, o tio saía à noite para pescar com os canoeiros do mar os peixes que, pela manhã, as mulheres colocavam à venda no mercado, contribuindo dessa forma para a receita doméstica. As outras maneiras de manter-se em dia com a contabilidade diziam respeito ao aprimoramento nas labutas da carne e ao interesse das mariposas em sua juventude. Informada do paradeiro do filho, e após conceder-lhe o tempo que considerou necessário para aplacar a demanda hormonal, a avó mandou o padre Juarez buscá-lo e proibiu a todos de repercutir o assunto. Com tio Bernardo também não comentou grande coisa, limitando-se a olhares de recriminação quando a lembrança da frustração eclesiástica vinha à mente. Tia Inácia, recém-chegada da primeira viagem à Índia, para onde embarcara a bordo de um navio cargueiro acompanhando o namorado, marinheiro africano, espalhou que, a exemplo do próprio Buda, o jovem Bernardo se retirara para as montanhas a fim de meditar e elevar o espírito; "É o que na cidade chamamos agora de ano sabático. Meu irmão andava um tanto *dérangée*". Depois, em família, ria de gargalhar, contaminando meus avós com a hilaridade.

Dizem que tio Bernardo se apaixonou por Lazinha desde que ela chegou à casa, levada pelos pais, à procura de um futuro menos previsível do que o que esperava por ela do lado de lá do rio. Para compensar, estava habilitada a ajudar nos serviços diários e a cumprir mandados de toda ordem, além de servir de companhia para quem precisasse. Não era a única a ser submetida a este arranjo. Em meus tempos de frequentar a casa, ainda havia algumas destas meninas vivendo ali numa situação intermediária entre parentesco e criadagem, formando, elas próprias, uma sub sociedade subordinada à hierarquia interna e à autoridade dos donos da casa. Vó Ciana, tratada por vovó por várias delas, determinava qual representaria as demais em caso de desajuste da ordem, credenciando a escolhida para corrigir as pequenas infrações diárias, evitando sua intervenção pessoal e o desgaste dos aborrecimentos dispensáveis: "só traga ao meu conhecimento o que exceder a sua autoridade."

Na época de Lazinha, apesar da pouca idade, foi ela mesma a escolhida para fazer esta mediação entre seus pares e o interior da casa. A menina conquistou uma diferenciação imediata, passando a dormir, logo nos primeiros dias, em uma pequena cama improvisada no quarto dos meus avós, sempre que o avô estava fora, no sítio do Céu Azul. As ausências dele se tornaram cada vez mais frequentes a partir dos anos, liberando minha avó de cobrir os santos espalhados pelo quarto com as peças das roupas tiradas do corpo antes de deitar, como fazia religiosamente nas noites de intimidade conjugal.

Contaram-me que a escolha se deu pela beleza inesperada da menina e por uma singular desenvoltura social e artística, chegando a fazer sombra para as apresentações de minha mãe que ainda deslumbrava a família e amigos próximos com as performances artísticas.

Lazinha aprendeu a ler com facilidade, alfabetizada por tio Bernardo, muitas vezes à luz da lamparina, quando os estudos ultrapassavam a hora de desligar o gerador de luz ou não havia querosene disponível para os candeeiros. Durante o dia, em função das solicitações dos moradores da casa, Lazinha nem sempre dispunha do tempo compatível com o interesse em aprender, sendo necessário entrar pela noite, aproveitando a boa vontade do outro em ensinar.

A primeira manifestação de carinho entre eles foi percebida pelo avô Jacinto. De passagem para o banheiro no início da madrugada, flagrou os dedos do filho deslizando pelos cabelos de Lazinha que escorriam pelo rosto vergado sobre o caderno onde escrevia a lápis uma cópia da cartilha aberta ao lado do candeeiro.

No dia seguinte, enquanto cortava cana no fundo do quintal, vô Jacinto comunicou ao filho o que havia visto e pediu para ele não repetir o procedimento dentro de casa, sob pena de ver a menina ser devolvida ao pai, por minha avó. Nem por compreensão das necessidades sexuais dos jovens rapazes ou por qualquer manifestação de generosidade cristã ela permitiria tal situação diante do nariz. Tio Bernardo, sem resistir à excitação do momento, e estimulado pela parcimônia do pai, tentou convencê-lo dos sentimentos abundantes entre ele e Lazinha, mas o pai não admitiu sequer considerar a intervenção e encerrou o assunto sem delongas, evitando cumplicidade no ocorrido, o que viria a acontecer mais adiante e de forma dissimulada.

Durante muito tempo os dois mantiveram o relacionamento a salvo dos olhos arregalados da casa. Tio Bernardo não disfarçava as atenções com Lazinha, pois tinha natureza transparente, porém todos creditavam aos interesses comuns de leituras e jogos, em que se arguiam sobre conhecimentos gerais e outras curiosidades comuns, a proximidade entre eles. Vencida a resistência inicial, o tio se integrou aos saraus, onde ela era a estrela; as *soirées*, tia Inácia nomeava as apresentações, enquanto, sentada na cadeira de macarrão amarela, abria o leque de seda para ventilar o pescoço, se a *soirée* coincidia com sua passagem pelo interior, mais rara a cada ano.

Mesclando timidez e informalidade, tio Bernardo divertia a plateia lendo os livros em voz alta e narrando histórias em capítulos como acontecia durante o dia, na cozinha, com as novelas de rádio, acompanhadas, em lágrimas ou risos, por Tiana, à beira do fogão. Foi um período tão agradável para ele que, geralmente taciturno como o pai e sujeito a variações de humor como a irmã caçula, revelou-se descontraído, chegando a dividir com Lazinha, em público, os diálogos das narrativas tratando de embates entre homem e mulher, levando a plateia ora às gargalhadas, ora ao recolhimento nos momentos em que os diálogos abordavam assuntos referentes à intimidade dos casais extrapolando o repertório formal dessas tertúlias.

Após a casa se botar para dormir, o canavial se transformava nos bastidores do espetáculo ao qual o público não tinha acesso. A sós, tio Bernardo e Lazinha estrelavam as apresentações em volteios de corpos encharcados de hormônios e bons sentimentos. Chegara o momento de exercitar o aprendizado adquirido no bordel de Cheirosa Flor, e usufruí-lo no corpo da mulher por quem estava apaixonado pela primeira vez.

Sem desconfiar do que acontecia, e ciente das mudanças no comportamento do filho, minha vó conferia à menina mais esse mérito desde sua integração à família. Cogitava matriculá-la no colégio das freiras, no próximo ano, para formalizar o processo educacional em andamento, correspondendo a seu interesse em aprender.

Não havia dúvida: Lazinha, à vontade no ritmo da casa, iluminou os saraus noturnos, reacendendo o interesse de minha avó pela costura, levando-a a cortar e bordar, com as próprias mãos, peças de roupas para os figurinos das apresentações. Com o tempo, a caçula de dona Emerenciana, como passou a ser chamada pelos comerciantes que atendiam os mandados, adquiriu uma projeção na cidade sem antecedentes em sua classe social. Tornou-se natural, após a sesta do almoço, observar minha avó sentada à máquina de costura preparando fantasias, transformando cortes de cetim em vestidos de fada, mantos de princesa, lenços de odalisca. Lado a lado com Lazinha, bordava nos bastidores de madeira, prendia miçangas e paetês, acrescentava franjas às camisas e aos chapéus, experimentava a confecção de laços extravagantes. Quando o feitio desejado estava além de suas habilidades, exigia maior acuidade de visão ou investimento de tempo, vó Ciana não hesitava em chamar dona Chaguinha, costureira da família, para fazer os acabamentos, definir os cortes, alinhar as pregas, tudo para não prejudicar a qualidade dos figurinos e das apresentações.

Tiana, também seduzida pela espontaneidade de Lazinha, embora temerosa do andamento daquela situação, testemunhou inúmeras vezes a fisionomia enlevada de tio Bernardo observando, com os braços apoiados no peitoril da janela, o relacionamento descontraído entre a mãe e a mulher a quem devia aquela exaltação.

Aconteceu numa tarde de estio após quatro dias de chuva diária, ao voltar do quintal onde conferiram os ninhos das galinhas e o estado das plantações. Lazinha, acometida por inesperado mal-estar, desfaleceu na saída do canavial, aos pés de minha avó, sem nenhum sinal que antecedesse a vertigem.

Da mesma maneira que um cego a quem devolvessem a visão, ou um cenário exposto a cortinas devassadas, a avó reconheceu as mudanças no corpo da menina, os seios entumecendo a chita do vestido, os botões dos seios levemente bojudos, os quadris arredondados, revelando, no roliço das formas, pertencer não mais à menina, mas à mulher, e para sua absoluta surpresa, prenhe.

A avó Ciana estacou, varreu o corpo de Lazinha com os olhos, refez o trajeto, conferiu uma terceira vez, e, sem pronunciar qualquer palavra deixou-a caída no chão e tomou o rumo da casa, chutando, na fúria dos passos, a água das poças formadas pela chuva. Atirando contra o fogão à lenha da cozinha de fora os dois ovos trazidos na mão, passou pelo meu avô enrolando um cigarro de palha; por Tiana, que assoprava o carvão do ferro de engomar atiçando brasas; por tia Dália, esmigalhando folhas para deixar no caminho das formigas, entrou em casa sem limpar os pés e só esbarrou diante do tio Bernardo, lendo em voz alta pelo corredor os primeiros versos de um cordel que há dias vinha escrevendo.

— Esse menino no bucho de Lazinha por acaso é teu?

As folhas de papel escaparam-lhe das mãos e o tio tentou balbuciar alguma coisa. Foi interrompido pelo tabefe que a mãe lhe desferiu no rosto, mandando, em seguida, que chamasse o pai lá atrás e fosse, na sequência, à casa de Lazinha, retornando unicamente com os pais daquela mulher. "Daquela mulher", repetiu, apontando o quintal. Entrou no quarto e bateu a porta com violência, fazendo despencar no assoalho a chave da fechadura.

Quando meu avô entrou, quase sem pisar no chão, a vó estava recostada na cabeceira da cama, tremulava as pernas uma contra a outra e nem o deixou abrir a boca, foi falando, em letras de fogo: "A culpa é tua que, para teus filhos, tens a autoridade de um Dois de Paus". Mal chegaram os pais de Lazinha, dirigiu-se a eles em letras de sangue: "Levem sua filha daqui porque ela não mereceu minha confiança e desrespeitou uma casa de família. Eu sempre soube que aquilo que a gente mais abusa é com o que mais se lambuza, mas tenham certeza que não vou me lambuzar nesse chiqueiro. Podem caminhar!" — e apontou o dedo em direção à porta.

Ao entrar no quarto, levando o chá de cidreira, Tiana encontrou minha avó resmungando sozinha, dando azeite às canadas, como costumava dizer. Tão logo a viu, a vó se levantou da cama, esticou o braço para receber o pires e falou, soprando o beiço da xícara para esfriar o chá: "A sorte é que o diabo tem a mão esquerda tapada, mas a direita furada, Sebastiana, senão eu continuava sendo feita de besta por muito tempo, e mais inocente do que barriga de donzela". Tiana concordou com a cabeça, de boca fechada, e abriu a janela para ventilar o quarto.

Sem Lazinha, a casa mergulhou num silêncio desconhecido, como se de um belo corpo lhe retirassem a alma, deixando-o vazio e à mercê dos ventos. Suspenderam-se os saraus e tio Bernardo retornou à antiga melancolia, novamente retraído, outra vez silencioso, tentando disfarçar, diante da mãe, a tristeza. Da criança, nada se falou nos primeiros dias. O tio, como todos, estava proibido de mencionar o assunto, quer com palavras, quer com atitudes. Deram o caso como encerrado, trancaram os livros na gaveta da escrivaninha, os figurinos dos saraus na arca de madeira, Lazinha não passara de um delírio inexplicável.

Para minha avó, ao se ignorar um assunto, ele deixava automaticamente de existir.

O assunto, contudo, continuava existindo.

Tio Bernardo começou a se achegar ao bar do Nazário, onde os homens se reuniam à tarde para jogar dominó, jogar sinuca, ouvir o rádio e beber. Todos os jogos, inclusive os de cartas, executados a leite de pato, porque padre Juarez não permitia o envolvimento de dinheiro nas apostas. Passado o estranhamento inicial, foi para Nazário uma honra recebê--lo ali, Bernardo passava a adotar o comportamento que o corpo de homem feito e a voz encorpada sugeriam há tempos. Porém, ao vê-lo despencar da cadeira, embriagado, pela terceira vez, Nazário o levou em casa e comunicou o que estava acontecendo. Não foi surpresa para minha avó. Ela atribuíra a mudança de hábitos a um novo surto dos excessos da juventude, essa fase sem miolos pela qual passam todos os rapazes, reconhecendo que contra a natureza não valia a pena se indispor. Até isso seria melhor do que vê-lo às voltas com Lazinha ou outra da mesma espécie. Recebeu o filho, fez cara de espanto, agradeceu a Nazário, acompanhou-o à cama e mandou Tiana preparar o chá de boldo com casca de laranja e depenar uma galinha para a canja temperada apenas com alho, uma pitada de sal e cheiro verde.

Os dias trazem as suas novidades. Certa manhã, Tiana flagrou minha avó chorando abraçada ao vestido de Lazinha esquecido no quarador, e a cena, mantida em segredo, reavivou o sentimento dedicado a ela, se é que em algum momento o sentimento de Tiana esteve ameaçado. Mais do que zelo por aquele filho devotado, Ciana chorava a traição de Lazinha ao se aproveitar dos privilégios para subverter a hierarquia doméstica, ou, ao menos, desafiá-la. Tiana compreendia e faria o impossível para que a casa e a família readquirissem o ânimo que desde sempre balançava portas e janelas.

Não foi fácil para Sebastiana, não seria fácil para ninguém. Tio Bernardo encontrou na bebida o escalda-pés para a saudade. Pouco afeito à euforia e galhofas, a embriaguez exacerbava a melancolia, levando-o a dizer, abraçado à mãe, que com a saída de Lazinha e o filho daquela casa havia sido aberto um buraco no mundo, onde ele não cessava de despencar.

Minha avó, que acompanhara a distância o nascimento da criança, e sem consultar nenhuma das partes interessadas resolveu adotá-la em seu nome e do marido, tirando do filho a paternidade formal, dividindo de certa forma com ele a filiação. Assim, tio Rodrigo viria a tratá-la por mãe, e ao pai, por tio, proporcionando-se às más línguas a oportunidade de fazer todo tipo de interpretação para este incesto documentado em cartório. Nós, os netos que viemos depois, tivemos que exercitar a imaginação para entender porque tio Rodrigo era ao mesmo tempo filho de minha avó e sobrinho de minha mãe, que nunca o tratou como irmão, inclusive porque pouco conviveu com ele na mesma casa, onde se entrelaçam estes fios. Olhando em retrospecto — e quão diferente é a realidade quando vista em retrospecto — eu mesmo tenho dificuldade de compreender o motivo daqueles subterfúgios, todavia os disfarces da realidade encontram apenas no momento em que são tecidos, a possibilidade de se justificar, e isso também necessita da passagem do tempo para ser percebido. Todo o resto, o passado e o futuro, são rascunhos ou memórias, na maior parte das vezes distorcidas, de realidade. É na tentativa de retornar àquele cenário, cuja arquitetura

— mas não a atmosfera — invadiu o apartamento de Madri conduzido pelas imagens na tela da televisão, que consigo me reaproximar do antigo enredo e configurá-lo na lógica para a qual foi concebido.

Não se sabe se por interferência dos pais ou por resignação à história de sua gente, Lazinha entregou a criança sem resistência ao avô Jacinto, encarregado de fazer a negociação. Para tio Bernardo, porém, foi insuficiente. Ter o filho em casa significava muito, inclusive porque a criança tinha o mesmo sorriso vibrante da mãe, entretanto a presença em nada arrefecia a saudade da mulher, o desejo do corpo e a falta do convívio. Numa tarde de insuspeitada rebeldia, ele atravessou a ponte sobre o rio Mumbuca, acertou-se com os pais de Lazinha e adquiriu uma pequena casa para ela, onde ia encontrá-la sempre que se tornava insuportável não ir. Contam que na aquisição desta casa houve a participação silenciosa de meu avô. Ele não admitiu o conluio para a família, fugindo do assunto sempre que o abordavam. Auxiliando-o na construção de uma gaiola para os pombos, no sítio do Céu Azul, perguntei se de fato ele havia participado do episódio. Ainda hoje posso ouvir a resposta: "Nem sim nem não, muito longe do contrário". Desatamos a rir e encerramos o assunto.

Nem com esse arranjo o tio largou a bebida, agora incorporada ao cotidiano. Passaram-se alguns anos sem que ele saísse definitivamente da casa dos pais abandonando a mãe a quem continuava devoto, ou deixasse de frequentar a casa da Mumbuca, onde morava a mulher da qual não conseguia nem desejava escapar.

Após sua morte devido a uma galopante enfermidade do fígado, minha avó destruiu a vassouradas todas as imagens de santos que habitavam a casa, decapitando, inclusive, a Senhora do Perpétuo Socorro, com quem mantinha relações de intimidade. Mais tarde, ao tomar conhecimento de que eram dois, e não um, os filhos deixados por tio Bernardo no outro lado da cidade, ela também atravessou a ponte sobre o rio Mumbuca determinada a trazê-los todos para sua companhia, mas a casa estava fechada, o capim crescia à frente, e mesmo os pais de Lazinha, honrados desde sempre, garantiram não conhecer o destino tomado pela filha e os dois netos.

No período da infância e começo da juventude em que frequentei a casa, não se falava às claras em nenhuma dessas pessoas envolvidas com meu tio. Quando conheci Lazinha, muitos anos depois, proprietária da casa de portas e janelas verdes, foi através dela que fiz o que deve ter sido a ideia mais apropriada de meu tio Bernardo, a partir de uma única frase com a qual ela o definiu quando me mostrava as novas instalações do casarão.

O bobo da corte

Meu avô não herdara do pai o talento para os negócios, o espírito de aventuras, a simpatia contagiante nem a facilidade para influenciar pessoas, auferindo vantagens. Semelhante ao pai, foi um homem inteligente o meu avô, todavia, diferente dele, não deixou essa marca entre a maioria dos que privaram com ele. Suas atitudes muitas vezes insinuavam o contrário. Para agir de modo inteligente a inteligência sozinha não basta, e ele não foi um sobrevivente, este tipo de pessoa que carregou lama sob as sandálias e se fortaleceu. O avô Jacinto, Cintinho, como o chamávamos algumas vezes, levou a vida sem o compromisso autoimposto dos sobreviventes, sem o rigor dos que cruzaram mares, deixando-se passar feito o pássaro que, sem conhecer a extensão das asas, sobrevoa em zona de segurança.

O pai chegara ao Brasil ainda jovem fugindo do massacre praticado pelos turcos à Armênia, seu país de origem. Desembarcou na Amazônia, para onde haviam migrado dois primos atraídos pela exploração da borracha, poucos anos antes, após breve passagem pelos portos de Buenos Aires e Santos.

Ali, ele não se adaptou ao trabalho rural, mas exerceu a função o tempo suficiente para montar uma pequena mercearia de secos e molhados, prosperando com rapidez, por influência da comunidade que o acolheu como a um filho que regressa de terra estrangeira. Naquele período havia gente de várias partes do mundo ali. Quem não virava inimigo de imediato, em função das diferenças de costumes e das competições, tornava-se logo camarada, desfrutando da solidariedade dos demais.

Um ano após sua chegada, Gadara Ekmedjian se comunicava em um português bastante razoável, era proprietário do armazém mais sortido da região e estava casado com Augustina Lombardi, filha do fazendeiro que se associara a ele no pequeno comércio, com o único intuito de favorecê-lo, antes ainda de compreender o que ele dizia naquele idioma inacessível.

Meu avô me contava, nas tardes do canavial, que o pai era tão envolvente e persuasivo que, de início, os próprios comerciantes de maior porte na aldeia o ajudavam no armazém, enviando caixas de madeira e de papelão vazias para ocupar os poucos armários do estabelecimento, chamando atenção da clientela para o rápido progresso da loja. A falsa abundância de estoque fazia-os acreditar tratar-se de um comerciante profissional e não de um aventureiro chegado à região para explorar os nativos, como tantos havia. Ele criou um sistema de entrega em domicílio para todas as cidades próximas, discriminando nas folhas de papel os produtos disponíveis para venda, distribuindo-as pelas casas e comércios locais. Depois, passava para receber os papéis com os produtos selecionados, demonstrando, com a expressão sorridente, a aprovação pela escolha do freguês, personalizando-o desde o primeiro pedido. Para isso valia-se do sorriso, uma vez que não dispunha de vocabulário suficiente no idioma para nada muito além das formalidades. Mais tarde fazia a entrega em carroças, até adquirir o primeiro veículo, uma caminhonete Ford comprada a troco de reza do americano que desistiu da exploração do látex e regressou ao seu país para fugir daquele "inferno verde". À noite, encontravam-se na beira do rio para brindar o progresso dos negócios com as pequenas garrafas de ararat, brandies envelhecidos, cujo sabor de uva branca era degustado nas ocasiões especiais, quando então lembravam o que deixaram para trás ao atravessar, cada um, o seu oceano particular. Por vezes iam todos até o porto, onde desamarravam o barco a vapor e saíam pelos corredores do rio para escutar o barulho da selva e os seus silêncios.

Com a morte do sogro, Gadara Ekmedjian assumiu a fazenda, criando ali a família, até ser abatido pelo quinto surto da malária que o vinha acometendo desde a chegada àquelas terras. Sem condições de dar continuidade aos negócios da fazenda, os dois filhos restantes, de comum acordo com a mãe, ainda abalada pela perda do mais velho para o mesmo mosquito, venderam as terras apressadamente e fugiram dos insetos e do surto de febre amarela responsável pelo abate de outra boa parte da população.

Quando conheceu minha avó, ela participava de uma manifestação de rua, entupindo, com açúcar, os alto-falantes preparados para o comício de um político adversário da família. Ela liderava um grupo de jovens rasgando cartazes, pregando outros e gritando palavras de ordem dentro do coreto da única praça da cidade para a qual ele tinha acabado de se mudar com a mãe e o irmão mais velho.

"Foi paixão à primeira vista, como falam", o avô me disse, corando a pele branca do rosto. "Sua avó parecia um azougue correndo de um lado para o outro da praça. Transmitia tanta vitalidade que até um rapaz pacato como eu se sentiu contaminado pelo entusiasmo. Lembro-me de recostar naquele cajueiro que está lá na pracinha até hoje e ficar observando. De repente, ela veio em minha direção, chegou perto e me olhou com o olho de pergunta, duas pequenas telas pintadas com sinaizinhos de interrogação, os olhos de sua avó. Tempos depois descobri ter sido sempre dela aquela expressão no olhar, porque naquele momento eu estava encantado pelo rosto redondo cheio de bolinhas de suor, esfogueado feito os damascos que só conhecia das histórias contadas por meu pai sobre as outras terras. Emerenciana tinha duas maçãs nas bochechas, e o damasco, me dizia papai, era a maçã da Armênia. Só fiquei sabendo que os damascos não eram vermelhos como a maçã quando sua tia Inácia trouxe alguns de viagem para eu conhecer o sabor. Logo me informaram ser a filha única do chefe político da cidade. Isso não foi impedimento para me aproximar porque eu já estava gostando dela e porque talvez não tivesse conhecimento do que aquilo representava de fato. Da mesma maneira que aconteceu entre papai e meu avô, meu sogro se afeiçoou a mim antes dela se afeiçoar, permitindo-me frequentar essa casa. Foi ele quem me apresentou a filha chegada há pouco de uma semana inteira de isolamento dedicada a louvores à Senhora do Perpétuo Socorro, sua santa de devoção desde a juventude". Avô Jacinto não sabia, e talvez nunca tenha vindo a saber, dos reais motivos do isolamento de minha avó nesta semana que ela atravessou trancada em seu quarto na casa das Étoiles.

"Fomos felizes aqui," ele me disse mais de uma vez, sem nostalgia, observando o entorno. Posso vê-lo falando devagar, percorrendo com a cabeça todo o território da casa, examinando, sem pressa, os fotogramas de uma longa película. Ao final, restava-me a impressão de que ele se referia sempre a outra época, a uma época onde as coisas aconteciam de verdade e era verdadeira a sua participação em todas elas, como se agora tudo não passasse de sombra e espectros. Muitas vezes deduzi que meu avô dirigia à vida atual, aquela onde fomos contemporâneos, uma visão contemplativa, e, excluído dela, observava a vida a partir de um muro sobre o qual estivesse debruçado.

Inicialmente eu achava que ele se sentia excluído, transportado até o lado de lá do muro à sua revelia. Depois fui percebendo ser ele mesmo o responsável pela exclusão. Uma exclusão voluntária, conduzida pelas próprias pernas, agora inquietas por caminhar. Meu avô tinha interesses que não ressoavam na casa da Rua das Étoiles, da qual, embora dono, jamais chegou a ser proprietário. O contrário também existia. A casa respirava um oxigênio diferente do gás que ventilava os seus pulmões. Vô Jacinto, com aquele sobrenome estrangeiro, personagem de outra história, não esteve impregnado nos alicerces da construção, não estava irmanado aos espíritos habitantes dos meandros, dos escaninhos, das dobradiças daquele corpo, não se enlameou nem se lavou nas águas corredeiras há várias gerações. O máximo que experimentou foi o trânsito pelos corredores e as acomodações, não muito diferente de um viajante que pernoitasse por uma noite usufruindo abrigo momentâneo.

No canavial é que ergueu a cidadela que todo homem necessita edificar. Para ali eu ia se desejava observar seu desempenho na vida, tão moroso, tão inócuo e tão delicado. Quando ele praticamente se mudou para o sítio do Céu Azul, transferindo-se devagar, como sempre foi o hábito dos seus passos, pouco o vi, porque então pouco saíamos da cidade para ir até lá. Ao ser informado do seu desaparecimento nas águas do rio Mumbuca a bordo da embarcação construída por ele mesmo, ergui em sua honra um altar sob a chuva, o melhor lugar para se permanecer. Apenas a mim compete acessá-lo, e o faço em momentos como esse, quando me dedico a revivê-lo, ou quando acompanho a chuva através da vidraça do meu apartamento em Madri, transformando as edificações da Gran Via encharcada no canavial onde ele impera. Um altar que na casa de minha avó, na casa que jamais chegou a ser sua, seria permitido somente aos ícones, às imagens sacras, às fotografias de família.

Ou às marionetes, os fantoches acionados pelos cordéis que há gerações deslizavam entre os dedos de uma tribo à qual este avô não chegou a pertencer.

A madona

Diferente dos outros santos que dividiam o oratório em frente à cama de casal no quarto dos meus avós, à direita da porta de entrada, a Senhora do Perpétuo Socorro habitava sozinha um nicho construído por meu avô, nos rudimentos da carpintaria que mais tarde iria resultar na construção do barco de madeira. O móvel, de formas retilíneas, ficava encostado na parede, no lado que a avó Ciana ocupava no leito. Sobre ele, a primeira criatura a ser cumprimentada tão logo ela abria os olhos pela manhã: "Amanhecemos, mamãe!", a avó dizia, enquanto deslizava a mão pelos pés de barro da imagem, esticando a musselina do mosquiteiro da cama. Vó Ciana repetia a fala e o gesto, ao constatar que sobrevivera à noite e à inconsciência do sono, "exercício de morte", a expressão com a qual definia este período único em que deixava de ser dona de si e arriava o leme para navegar sob outro comando.

No pescoço da imagem ainda se podia ver a cicatriz da degola executada por ocasião da morte do tio Bernardo, mas vó Ciana já admitira o atrevimento há muitos anos e conversara longamente com a santa, justificando-se e procurando cumplicidade em conversas "de mãe para mãe", como cunhava a expressão para esses ajustes. Ao final, e antes de se considerar perdoada, sentiu-se compreendida, fato indispensável para levar adiante os termos da reconciliação. Minha avó nunca cogitou um perdão gratuito, unilateral ou meramente dadivoso. Longe disso. Ela fazia questão de ser reconhecida por Socorro em seu desespero, afinal tirar o filho de uma mãe, ainda mais um filho daquela qualidade, não era procedimento recomendável. Apenas com isso, qualquer atitude dessa mãe se justificaria, "a senhora há de concordar". Mesmo que não coubesse à Virgem a manipulação dos cordéis do destino, era conhecida sua influência no parlamento celeste, que o usasse; afinal, o que seria de nós sem a interseção das boas influências nos parlamentos? Se não procedem nas horas desesperadas, apontando equívocos, evitando distrações, de que servem as boas influências, e o próprio parlamento, para que serve o parlamento, "a senhora poderia me dizer?". A vó fazia questão de repetir as justificativas durante tardes inteiras de audiência com ela, sentada na cama à frente da imagem, lembrando à madona de sua própria experiência ao cruzar com o filho sacrificado rumo à crucificação, "e veja que o seu ressuscitou ao terceiro dia, mas do meu sobraram apenas as recordações e esse menino que na bênção da hora eu peguei para criar", apontando a fotografia do tio Rodrigo em cima do santuário.

Diante do mutismo da outra, insistia: "Mesmo que a ordem viesse de cima, a senhora deveria lembrá-lo que há casos que podem mais do que a lei, porque o único espetáculo dispensável nesta vida é o espetáculo da infelicidade".

A certa altura, cansada de chorar o filho morto, exaurida das palavras e submissa aos flagelos de Deus, a avó reconheceu a solidariedade silenciosa daquela outra mãe, encerrou o solilóquio, botou uma pedra em cima do assunto, devolveu a santa ao pedestal de madeira, restabeleceram a cumplicidade e retomaram o antigo relacionamento.

Isso resolvido, ela mesma realizou a operação de devolver a cabeça para cima do pescoço da santa. Em função da inexperiência no ajuste, o trabalho resultou na cicatriz grosseira, expondo, mesmo aos olhos desatentos, o amadorismo do remendo. Vô Jacinto dizia, sempre às escondidas dela, que a vó fazia questão de deixar visível a memória do destempero para servir de alerta aos demais. Com isso, materializava a ameaça feita quando um de nós, as crianças, netos, agregados, ou mesmo ele, o avô, cometia uma atitude que a irritasse, mas contra a qual não estivesse disposta a dar um corretivo no momento: "Deus te livre do meu repente!", erguia a voz, com o dedo voltado para o quarto de casal.

A cicatriz ficava escondida atrás de um pequeno lenço de seda azul costurado nas bordas para não desfiar. Em função do estado de humor, e na presença de quem ela considerasse oportuno, retirava o lenço, muitas vezes com acinte, deixando exposto o efeito de seu repente.

Tudo isso se comentava pela casa ou nas tardes do canavial. A tudo eu ouvia com interesse, transportando-me para os acontecimentos. Quando, muito depois, perguntei a respeito dessas histórias, sentados à sombra do tamarindeiro acompanhando o desenrolar da tarde, vó Ciana falou que ela fez questão de fazer o restauro pessoalmente porque apenas a penitência libera o pecador do pecado. Determinadas dívidas devem ser reparadas de próprio punho, ou não atingem o objetivo. Fazer barretada com o chapéu alheio não livra ninguém do fogo do inferno; menos ainda, das labaredas, essas sim infernais, da própria consciência. "O exercício do artesanato, o ponto a ponto do bordado, muito mais do que a conclusão do trabalho, é libertador", ela repetiu, eu gravei, e tive tempo de vida bastante para comprovar a afirmação.

Nunca fui o neto preferido de minha avó, ou, pelo menos, o neto naturalmente preferido. Todos sabiam de sua queda por Edmundo, meu irmão mais velho, o primeiro neto. Acontece que Edmundo tinha uma vida mais independente do que a minha, e quando de férias na casa das Étoiles, passava o dia inteiro fora, com os meninos da cidade, em jogos pela rua, caçando passarinho ou empinando papagaio, pouco participativo da rotina da casa, a cujos acontecimentos se reportava com comentários passageiros, às vezes irônicos e com frequência desinteressados. Mesmo nas noites de banho no rio, quando havia lua, era o primeiro a se cansar das performances de tia Dália cantando sentada na pedra. Repetidas vezes foi ele responsável pela suspensão do concerto, aborrecendo a tia com comentários jocosos ou arremedando, de costas para ela, o seu jeito operístico de cantar. Muito diferente de mim, desde sempre destinado — ou condenado — à sensibilidade.

Tão logo teve idade para os namoros e as saídas noturnas, Edmundo transferiu as férias para a casa da capital, onde as oportunidades de diversão eram maiores. Minha avó dava a ele toda a liberdade e o tratava como o neto mais velho, merecedor das regalias que não se estendiam aos demais, intercedendo, se necessário, frente a meus pais, na manutenção destas regalias. Antes de nos sentarmos à mesa, quando havia galinha no almoço, lembrava Tiana de separar o coração, a moela e o pescoço, para Edmundo não correr o risco de ver seus pedaços preferidos parar em outro prato.

Com o passar do tempo, mediante minha assiduidade à casa, ela começou a transferir para mim a atenção dispensada ao meu irmão. Eu usufruía de qualquer diferenciação da minha avó, isso me agradava, porém minha intenção sempre foi provocar-lhe admiração e não manifestações de afeto. Em nossa família o afeto eram os fios da rede de proteção, o respeito à hierarquia, os cuidados, muito mais do que palavras ternas e braços estendidos. Raramente, entre nós, o afeto chegou às manifestações calorosas ou se expressou através dos membros do corpo, da pele ou dos órgãos dos sentidos.

Talvez por isso eu achasse curioso o relacionamento da avó com a Nossa Senhora do Perpétuo Socorro. Ela a tratava por Corrinha quando estavam a sós e o assunto solicitava camaradagem, ou por mamãe quando se tratava de um tema mais formal, exigindo da santa maior concentração e rigor no desempenho.

Numa tarde de calor e tédio, passando em frente ao quarto, ouvi a vó dizer: "Corrinha, você que não me apronte!", enquanto abria a porta e aparecia de saia até os joelhos, camisa de linho branco, sapatos acetinados e uma pequena bolsa embaixo da axila, figurino utilizado apenas nas quatro festas do ano, tamanha a raridade. Surpreendeu-se ao ver-me ali. Após breve comentário a respeito de gente curiosa cultivando "o hábito ordinário de ouvir atrás das portas, vá caçar o que fazer!", pegou o corredor no sentido da rua, deixando discreto aroma de alguma fragrância desconhecida.

Diferente de minha mãe, a avó não costumava usar perfumes de nenhuma espécie, e nas poucas vezes em que estive em seu colo ou deitado na cama do casal, aspirei unicamente o cheiro sem adjetivos da limpeza.

Tratava-se da inauguração da primeira maternidade do município e levava o seu nome: Mãe Ciana. O nome foi sugestão do prefeito, filho de antigo político da cidade, ainda vivo e autor da ideia, contra o qual a avó fazia campanha no dia em que meu avô Jacinto a viu pela primeira vez.

Foi através de tia Inácia que fiquei sabendo do envolvimento da avó com esse Guilhermino Correia Lima, à época da juventude. Segundo ela, este era o segredo mais bem guardado dentre todos os segredos bem guardados da *Maison*, daqueles que vão direto da boca ao ouvido, sem refazer o rasto. O então prefeito, mais velho do que Ciana, casado, pai de oito filhos e adversário político da família, esmerava-se para disfarçar o interesse por ela, sem ser bem-sucedido, uma vez que o excesso de provocações não deixava de sugerir o contrário, havendo quem visse nessa insistência algo mais do que troca de farpas entre famílias adversárias. O assunto, de tamanha gravidade, ficava restrito às quatro paredes de quem se atrevesse a comentá-lo, tendo havido um único incidente provocado por um caixeiro viajante que, exagerando na bebida no bar do Nazário, perguntou em voz alta, batendo o copo de vidro no balcão de madeira: "Onde fica a casa, nessa cidade, da moça que se disputa?, Que se disputa", insistiu no trocadilho, ao ponto de ser expulso não apenas do bar, mas da cidade, a pontapés.

Em público, Guilhermino Correia tratava a menina Ciana com severidade, fazendo troça do seu comportamento irreverente e indômito, chegando a se referir a ela em comício como "a novilha destrambelhada daquele lá". Ciana respondia aos ataques gritando no megafone de frente à janela do quarto onde o prefeito dormia com a mulher, entupindo os alto-falantes em dias de apresentação pública, inventando apelidos para ele e toda a família, exagerando nas provocações. Meu bisavô, pouco afeito à política, da qual não conseguia abrir mão por respeito à tradição familiar, aproveitou os acontecimentos e os comentários sobre o comportamento da filha para retirar-se dos palanques, indicando outro candidato para o pleito, recolhendo-se aos bastidores do partido, e, secretamente, aos bonecos de porcelana, às marionetes e às viagens ao cais do porto, na capital, para recebê-los e divertir-se nas casas de zoada. Depois voltava com os bonecos e, em volta deles, entre pequenos reparos, experimentos, ensaios, ou o simples desfrute da companhia inerme, mas vívida, escorria tardes e tardes no quarto de brinquedos.

Ciana, decepcionada com a atitude do pai a quem venerava, cogitou lançar a própria candidatura a prefeita, mas a ideia não passou de um grande descompasso à mesa do jantar. Uma discussão que podia ser ouvida desde a calçada até o caramanchão do quintal. A bisavó Lama, apesar da natureza cordata, levantou-se da cadeira na qual dividia com o marido a cabeceira da mesa e mandou que a filha se retirasse dali, se trancasse no quarto e só saísse de lá quando tivesse recolhido o juízo para dentro da cabeça. No quarto permaneceria durante sete dias e noites, tempo necessário para ter certeza de que o juízo havia retomado o rumo dos miolos, porque seria posta a prova pelos pais e por dom Fidedigno, o bispo da capital com experiência em exorcismos e pedagogia, a ser acionado para este fim.

Minha avó passou toda a semana a água e bolacha de coco. No terceiro dia, quando o pai entrou no quarto decidido a suspender o castigo, compadecido do jejum e saudoso de vê-la circulando pelos ambientes da casa, "vamos acabar com isso, filha", ela disse que não poderia aceitar a suspenção da penitência porque até aquele momento o que eles chamavam de juízo ainda não havia se manifestado. Sendo franca, não conseguia perceber sequer o alinhavo da costura. Acrescentou: "Deixem-me cumprir o castigo até o fim porque eu preciso de autoridade para obedecer e de pai e mãe para respeitar".

No sétimo dia, apresentou-se para a arguição, pálida e altiva, contudo os nervos da casa já estavam domesticados, sua presença iluminou a sala de estar onde se encontravam reunidos, a mãe não via a hora de mandar preparar para a filha uma boa fritada de peixe-pedra e o pai estava ansioso para apresentar o simpático forasteiro que, tímido, mas escanhoado, pedia permissão para conhecê-la.

Rudimentos de quem eu viria a ser já estavam ali, borbulhando nas veias do meu avô Jacinto. Sentado na cadeira de macarrão ao lado do futuro sogro, ele se levantou, estendeu a mão e cumprimentou com alegria a moça dos olhos cheios de perguntas. E apesar do jejum acentuado, dos sete dias longe do sol e do humor prejudicado pela solidão dos dias, os olhos da menina se mantinham irrequietos feito mercúrio que escapuliu do termômetro e agora escorre no assoalho rumo à cadeira de macarrão onde, após o cumprimento, voltara a sentar o forasteiro de sobrenome incompreensível.

Tia Inácia ficou sabendo dos verdadeiros sentimentos do prefeito e, com certeza, da mãe, quando, de passagem pela casa dos pais nas Étoiles — a rua *des Étoiles*, corrigia o vernáculo francês maltratado pelos moradores, alinhando o *endroit* —, recebeu a ordem de procurar o bobo da corte, desaparecido desde a apresentação da noite anterior. Surpreendida ficou ao se deparar, no fundo falso da arca de couro onde ficavam os bonecos das marionetes, com quatro cartas escritas de próprio punho por Guilhermino Correia Lima. Meu bisavô as interceptara ou retirara às escondidas da filha e as mantinha ali para usar contra o adversário político, se necessário. A tia me falou que as cartas revelavam uma paixão desmensurada, *quelle folie!*, o homem estava tomado pelo demônio. Em um trecho ou outro davam a entender que vó Ciana tinha conhecimento dessa paixão e a incentivava, levando-o à loucura, manifestada pela maneira insana com que a acompanhava com o olhar pelas ruas e o despudor selvagem com o qual abatia a esposa na cama, transmutando para o rosto da mulher a face vibrante e acalorada da menina. "Não se espante, minha flor, se este menino que dessa vez ela traz no bucho nascer com a sua idolatrada face, porque em seu corpinho donzelo ele foi arremetido", a tia gravou essa frase, o P.S. de uma das correspondências.

Após a morte do avô, tia Inácia voltou à arca de couro para se certificar de que as cartas continuavam ali. Elas estavam. Retirou-as de lá, entrou no quarto da mãe e as entregou a ela. Ainda na caligrafia dos envelopes, vó Ciana identificou o conteúdo e esbarrou à frente da filha. Olharam-se num silêncio de surdos, os olhos da mãe a um passo de pular pelas órbitas, o corpo crispado, tia Inácia lembrava-se bem, quando me contou. Permaneceram imóveis durante um tempo de seca, segurando o olhar, uma da outra, até minha avó dar um pequeno passo em direção a ela, apertando nas mãos os envelopes usando força suficiente para demonstrar desagrado, mas sem chegar ao ponto de danificá-los, quebrando o silêncio com um "obrigada" que mais acusava do que agradecia. A tia se retirou sem encompridar o assunto.

Vó Ciana, embora fosse do tipo que se volta contra o mensageiro antes de se voltar contra a mensagem, por conhecer o subterfúgio que muitas vezes acompanha as boas intenções, em nenhum momento puniu a filha pela descoberta ou pela revelação. Se nunca se sentaram à sombra do tamarindeiro no quintal ou nas cadeiras da calçada para as confidências, foi por absoluta falta de afinidade quanto aos assuntos a serem tratados.

Por seu lado, tia Inácia engoliu a vontade de conhecer os detalhes. Considerou esta discrição, o agradecimento, embora rude, e o próprio episódio das cartas, a única cumplicidade com a mãe durante o convívio entre elas. Para saciar a curiosidade, foi montando as peças do quebra-cabeça a partir de comentários aqui e ali, nem sempre velados. Havia comentários, sempre há comentários. Por mais que se discipline a boca para estes silêncios, as palavras escorrem feito água entre os dedos das mãos que as deveriam coletar.

A partir daquele dia, ao perceber que o pai se afeiçoara àquele forasteiro asseado e compassivo, e ciente do retorno do juízo aos miolos da cabeça, a avó destruiu o megafone usado para ampliar os insultos ao político rival, ignorou as provocações públicas, desviando-se da rua onde Guilhermino Correia morava com a mulher e todos aqueles filhos.

No final do ano seguinte, casada com vô Jacinto, vó Ciana deu à luz ao tio Bernardo.

Na sequência, e a cada inverno chuvoso, vieram as meninas.

A banda de música

Chegamos para o aniversário de vó Ciana no início da manhã e encontramos os músicos da banda do coreto reunidos na Ladeira da Boiada, afinando os instrumentos, em volta do compadre Adamastor, o maestro oficial. Nós os vimos, cá de cima, antes de sair do carro, e apenas eu desci a ladeira a fim de acompanhar de perto. Os outros entraram na casa para cumprimentar a aniversariante ainda na cama e lhe fazer companhia até a apresentação da banda, que há anos abria as comemorações. No momento eles estavam às voltas com os instrumentos, comentando as primeiras notícias da manhã: a filha de dona Santinha fugiu durante a noite com o menino do Flamarion, levando só a cachorrinha, a boneca de pano feita pela irmã mais velha e a roupa do corpo. Dizem que acompanharam os ciganos acampados no lado de lá do rio, mas ninguém sabe precisar de onde saiu a informação. As tendas de pano amanheceram desmontadas, levando a crer terem partido no início da noite, porque não havia brasa no fogareiro quando dona Santinha apareceu no acampamento de madrugada à procura da filha.

Guardavam distância da casa para não incomodar com o barulho, enquanto afinavam os sopros: clarinete, pistom e trompete, acompanhados pelo surdo do Ederaldo, o antigo sacristão, e o pandeiro do seu Antônio das Sedas, dono da loja de tecidos. Ederaldo e seu Antônio das Sedas vieram direto da encomendação das almas, a procissão de penitentes onde, na quaresma, a horas mortas, os homens caminham pelas ruas até o adro da igreja, cobertos de branco, de vela na mão, orando pela ascensão das almas do purgatório. Trocavam olhares desconfiados e silenciosos porque ambos tiveram a impressão de ver alguém por trás da janela entreaberta da casa do prefeito observando a passagem da romaria, o que não era permitido a ninguém que não fizesse parte do grupo, sob pena de recolher para si as mazelas expurgadas pelas orações e a penitência. Apesar da inquietação e do cansaço, insistiam na afinação dos instrumentos, porque ninguém ali desconhecia a importância do compromisso.

Ficara acertado informalmente, há anos, que dona Emerenciana seria despertada pelos músicos, quando então sairia, talvez bocejando, ao balcão que se projeta do quarto para acenar e agradecer a apresentação, o que fazia com genuína alegria e dissimulada surpresa.

O ritual se repetiu e eu acompanhei pela primeira vez do lado de fora, ao lado dos músicos que entoavam nos sopros o "parabéns pra você" em ritmo de marcha, divertindo-me com as expressões ora descontraídas ora cândidas da avó, reconhecendo e apontando com o indicador cada um dos presentes, aplaudindo de vez em quando, dirigindo-se a este ou àquele em especial e balançando lentamente a cabeça para um lado e outro como quem diz "não havia necessidade" ou "vieram todos". Circundando-a, no quarto, os parentes próximos e dona Vitalina que, vez ou outra, insinuava-se até o pequeno balcão, tentando acenar para o seu mais velho, que tocava o clarinete, concentrado, sem se voltar para ela uma única vez. Restava-lhe passar para as mãos da minha avó as rosas despetaladas, mantidas em uma bacia de louça branca, que eram peneiradas entre os dedos em direção aos músicos, como quem espalha cinzas ao vento.

Depois, todos seguiram para a casa, onde Tiana já providenciara o café da manhã, abarrotando a grande mesa da cozinha de fora, transportada para o terreiro, embaixo do tamarindeiro, com bolo de fubá, bolo de milho, arroz de leite com carne de sol, cuscuz de milho servido com leite quente no prato fundo, coalhada escorrida, suco de graviola, de seriguela, paçoca com banana da terra, beiju e bolo frito, o preferido de tia Dália, que os tirava da frigideira ainda quentes e escondia no bolso do vestido, sapecando a ponta dos dedos, sumindo para os lados do canavial, de onde só retornou pelo meio da tarde quando todos já haviam saído.

Na época do padre Juarez ele insistia que, antes da comilança, fossem todos à igreja para a missa em ação de graças, mas vó Ciana reduzira os festejos à apresentação da banda e ao café da manhã servido incontinente, sem, entretanto, liberar o padre de celebrar a missa, ficando encarregado, ele mesmo, de endereçar aos céus os agradecimentos pela vida da paroquiana e os pedidos de saúde, boa safra das plantações e bonança para o próximo ano.

Padre Juarez, incorruptível no jejum que precedia a eucaristia, mas sem controlar o efeito deste cardápio nas glândulas da saliva, editava a homilia ao mínimo indispensável, estando de volta com incrível rapidez, colocando-se ao lado da mesa antes até dos derradeiros cumprimentos à dona da festa. Tiana, que me falava da correria do padre, disse também que certa vez vó Ciana o chamou de lado para perguntar que diabo de missa tão curta era aquela, celebrada "enquanto o cão coça o olho, padre Juarez", e o padre, sem desgrudar do prato de coalhada com mel, afirmou que as qualidades da aniversariante economizavam o palavrório do sermão e dispensavam maiores delongas eucarísticas. A avó acedeu com um meio-sorriso certamente travesso, mas advertiu que com as coisas de Deus não se brinca, e ele que não a deixasse em maus lençóis com o Altíssimo por causa de meia horinha de fome, "com banana e bolo é que se engana o tolo, padre, mas o Senhor de tolo não tem nem o andar."

Tia Inácia chegou acompanhada do novo namorado, um moço muito alto e muito loiro, com um chapeuzinho de pano alaranjado na cabeça, bigode marrom de poucos pelos sobre os lábios vermelhos, pele quase tão alva quanto a pele do Bem de Viúva, o flandeiro nascido na Ilha do Algodão, onde nascem apenas albinos desde que o patriarca desrespeitou os limites da consanguinidade e emprenhou várias mulheres da ilha, sem considerar parentesco nem filiação, coisa de dois séculos atrás. Chamava-se Hans, e não tive dificuldade em gravar o nome porque na época já usava das associações para registrar palavras que não faziam parte do dia a dia, relacionando-o aos camundongos de laboratório dos grandes centros de pesquisa científica. Não tinha conhecimento que os *hamsters* longe de ser utilizados em laboratórios são roedores domesticáveis, bichinhos mesmo de companhia, trapezistas, muitos deles, entretanto a ignorância serviu para a necessidade, como deve ser o destino de tudo o que de fato interessa, a despeito dos comprovantes técnicos e das informações teóricas.

Hans, com quem a tia estava vivendo um *coupe de foudre*, não falava quase nada de português, a não ser "obrigado", "por favor" e "vá se foder", que tia Inácia afirmava tratar-se de um cumprimento amoroso e coloquial, próprio da *vie quotidienne* nos trópicos, pedindo que só não o dirigisse à aniversariante, nada adepta às contemporaneidades do idioma. Após a quarta ou quinta reação de espanto diante das tentativas de aproximação, ele se deu conta da brincadeira, mas longe de se sentir embaraçado acrescentou mais um elemento gracioso ao exotismo da mulher tropical, personificado no humor irreverente da namorada. Hans estava encantado com tia Inácia, e a outras tantas encantou com aquela aparência original, o chapéu de pano amarelo-queimado, como se referiam à cor, o idioma incompreensível que parecia trepidar na garganta sem se projetar pelos lábios, o sorriso escorrendo de um canto ao outro da pequena boca vermelha.

"Parece um enorme coelho", dona Vitalina comentou baixinho com minha avó, que preferiu dar o calado como resposta, voltando a atenção para toda a gente, vez em quando um curioso que se atrevera a entrar, beneficiado pela boa vontade da avó, que apenas naquele dia permitia esse tipo de inconveniência, e ainda assim sem excessos, deixando evidente que apesar de não ser convidado, o intruso — ficasse isso claro — era bem-vindo à casa desde que portador de cortesia e boas maneiras.

Lembro-me com nitidez do rosto fulgurante da avó ao rasgar o papel do presente que tia Inácia trouxe e encontrar, dentro da caixa de papelão com desenhos de trenzinhos coloridos, o penhoar em seda da china, azul-esverdeado, reluzindo os matizes do furta-cor, no momento em que ela o estendeu à frente do corpo, diante do espelho da penteadeira, deixando-o escorrer até quase os pés. Seus olhos encheram-se de vivacidade, ao ponto dela procurar no espelho a reação de tantos quantos assistiam à cena e, constatando o testemunho da excitação, frear bruscamente o entusiasmo, ruborizando.

"É o que há de mais *branché* no momento", tia Inácia comentou, e sorriu para a mãe através do espelho.

Minha avó não saía do quarto vestindo penhoar sob nenhuma hipótese, mas conhecíamos o seu apreço por essa peça de roupa, especialmente os de tecido leve como a seda, tão diferentes dos vestidos que usava no dia a dia, recorrentes na simplicidade dos modelos e dos tecidos. Tia Inácia costumava trazê-los das viagens, agora mesmo recém-chegada de algum continente do qual não lembro com exatidão. Para o pai, meu avô Jacinto, que ela não deixava de mãos vazias quando presenteava a mãe, trouxe um robe de chambre com estampas de gravataria e um toque aveludado, mesmo sabendo que ele não o usaria por estar em desacordo com seu estilo de vestir e com a temperatura local. Entretanto tia Inácia se deixava levar pela estética das peças e não pensava em praticidade na hora de presentear: "os de precisão a gente mesmo compra; presente não deve atender à necessidade". Eu ganhei em meu aniversário de 16 anos uma bengala de madeira com a cara de um cachorro semelhante ao Brutus, meu vira-lata na ocasião, incrustrada no punho, que ela trouxe de uma viagem à Itália, deixando-me envaidecido por vários dias. Tia Inácia dizia que uma boa bengala é parte integrante do guarda-roupa de um homem desde que ele tenha atingido um metro e setenta de altura e já saiba se virar com os talheres à mesa destrinchando um frango. Acreditei. Tomei gosto pelas bengalas e tive-as dos mais diferentes modelos e estilos, mas ainda hoje uso essa do Brutus quando quero me sentir alegoricamente elegante.

 A bandinha se posicionou atrás do tamarindeiro e não parou de tocar em nenhum momento, revezando-se os músicos na hora de largar o instrumento e se dirigir à mesa onde dom Cornélio, o bispo de passagem pela cidade, assumira a cabeceira, oferecendo o prato vazio pelo meio das pessoas e o retomando servido das iguarias dispostas nas travessas inacessíveis ao local onde sentara. A partir de certa altura, as freiras do Sagrado Coração passaram a distraí-lo com assuntos da paróquia temendo que o exagero alimentar comprometesse a digestão, o bispo adiantado em anos, mas dom Cornélio, habituado a tocar o sino e acompanhar a procissão, como é do próprio ofício, servia-se da paçoca de carne seca e participava da conversa com igual desenvoltura.

 Minha mãe, sentada na cadeira de balanço a cuidada distância do vozerio, não se aproximava da mesa, solicitando à Das Luzes que a servisse "com um pouco de cada" do cuscuz de arroz e de milho, enchendo de novo a xícara de café com leite quente, mais apropriado para o horário. Depois pediu que eu chamasse Tiana e tão logo a viu falou para ela só fritar o peixe-pedra quando a bandinha parasse de tocar, dispersado o pessoal. Mamãe sempre foi doida por peixe-pedra, e mesmo quando perdeu o apetite para quase todos os pratos que apreciava, manteve intacta a vontade de comer esse peixe, cujo gosto marinho sou capaz de evocar, enchendo a boca de sabores e a cabeça de recordações. Às vezes assisto a uma filmagem antiga onde estamos no sítio do Céu Azul tomando cerveja em volta do poço, que fazia papel de aparador, e o vaqueiro os está fritando em uma frigideira larga de alumínio pretejado, amassada nas bordas, sem cabo, sobre um fogo de línguas vermelhas feito de carvão e gravetos, entre tijolos de construção à moda de fogareiro, e sempre sou levado a refletir em quanta delícia pode sair de tão rudimentar equipamento.

A manhã correu animada, a comida agradou a todo mundo, tia Inácia repetiu duas ou três vezes *au grand complet*, balançando a cabeça em sinal de aprovação, e a bebida passou a ser servida aos poucos, sob o controle de Tiana. O namorado alemão da tia se divertiu a valer e, mesmo se mantendo à sombra do tamarindeiro, ali pelo meio-dia já estava vermelho feito a crista do seu Nicolau, o galo velho do terreiro e, segundo o comentário de tia Hilda, "mais alto do que o custo de vida na capital", referindo-se à cachaça do barril vertida com gosto, deixando-o a um passo de se comunicar em nosso idioma. A avó mandou Das Luzes chamar Tiana e ordenou, apontando para ele: "Libera o chá de caridade, que esse gringo vem caminhando aos esses e está se acabando feito sabão na mão de lavadeira".

Daí a pouco começaram a circular as cumbucas com o caldo de caridade: água, farinha, pimenta, sal e um ovo quebrado dentro de cada uma delas.

Repetiu-se o caldo o quanto se quis, até quase esvaziar o caldeirão, mantido no fogão à lenha em fogo brando.

As pessoas foram se retirando, muitas vezes em grupo, dirigindo-se à Tiana para elogiar o tempero e a todos nós para demonstrar a satisfação. Exortavam minha avó com palavras de vigor e afeto, desejando igual celebração para o próximo ano, levantando um último drinque, elevando a voz, rogando as graças do céu. Ficaram apenas a família e os de casa.

Estava na hora de suspender o festejo e todos compreenderam. Vó Ciana não precisava de palavras para expressar sua vontade nem deixar claro o que era necessário fazer. Seu olhar, mas acima de tudo o seu silêncio, eram suficientes.

Tiana começou a fritar o peixe-pedra. Das Luzes e dona Vitalina retiraram a louça, lavaram pratos, talheres e copos, bateram a toalha bordada à mão pelas freiras do colégio e refizeram a mesa, agora para o peixe. A família se chegou, ocupando as cadeiras em torno, comentando a afinação da banda, a gulodice do bispo, a pimenta-do-reino um pouco excessiva no caldo de caridade, o namorado de tia Inácia comparado, por dona Vitalina, a um coelho gigante.

Tia Dália emergiu do quintal, mas não participou da mesa. Sentou-se num tamborete ao lado do fogão à lenha, abriu as panelas de feijão e arroz e começou a preparar o capitão, espécie de bolo onde se mistura na mão arroz, feijão e farinha até formar uma maçaroca, levando-o à boca com a própria mão, ainda frio. Cantarolava baixinho enquanto amassava os ingredientes, balançando o corpo como se canoasse no rio. Apenas eu desviei a atenção da mesa onde estávamos, repetindo, do lado de cá, os movimentos ondulantes de corpo, sugerindo dividir com ela a canoa.

Tia Dália não acreditou nas minhas intenções, parou de balançar o corpo, passou ligeiro por mim o rabo dos olhos e continuou fazendo o capitão, agora em silêncio, imóvel no tamborete. Voltei-me aos assuntos da mesa de peixe, desistindo de içá-la das águas onde voltara a submergir.

As peças da toalete

A chuva levanta acordes e desperta aromas por onde passa. Ouço o grilo cavando por perto, "é boa sorte," Tiana interpreta, sem desviar a atenção das cascas de laranja que está transferindo do terreiro, expostas ao sol, para a corda esticada na cozinha de fora, evitando que se molhem. O discreto farfalhar das folhas na copa do tamarindeiro eu ouço também. Lá em cima, bem em cima, o vento assanha os galhos e não há tamarindo no pé. Chove chuva fina nesse final de tarde e estou todo a postos, feito um organismo. Andradina passa mancando do pé que magoou ao saltar o batente da cozinha de dentro e este acinte à sua vaidade me aflora afetos. Ela se acomoda embaixo da cadeira onde permaneço sentado, encolhendo-se toda até quase desaparecer dentro da penugem. Estou tomando o suco de carambola com as duas pedras de gelo, comemorando a idade que já me permite esse privilégio do gelo no copo sem prejuízo das amígdalas. Ano que vem já serão três pedras. Balanço o copo para degustar o tilintar do gelo, discreta contribuição à sonoplastia da chuva caindo mansa, levantando o cheiro de terra molhada que, ainda não sei, me acompanhará eternamente. A chuva encorpou, os pingos grossos batem na nova vidraça da cozinha, escorrendo janela abaixo sem interferência. A sabiá-laranjeira canta alto e tremelica inteira espalhando as gotas de chuva, e fica assim cantando e tremelicando, sem se caber nas penas, tamanha maravilha. E nada disso interfere no silêncio que faz, porque tudo aqui é sagrado e se projeta de si, sem botões, sem eletricidade, sem ruídos, o dia caindo escarlate. Entendo que o silêncio é a melodia da alma. É necessário escutar o silêncio porque um mundo sem sonoridade é um deserto inabitável.

Ao próprio Deus acontece de se manifestar nos invisíveis e nos silêncios, Tiana esclareceu certo dia, acompanhando um levante de vento que se ergueu sem provocar ruído nem produzir poeira. É necessário apurar outras janelas que não os olhos de ver ou o tato de apalpar, daí o vento, os serafins e todos os duendes da corte celestial em vigília na terra, imperceptíveis para os que utilizam unicamente a menina do olho para enxergar.

Escapando da vista humana, tudo o que é eterno acampa-se à roda de Deus e floreia, Tiana seguiu falando, feito estivesse no coreto da praça ou nos saraus de dentro de casa, caminhando para o terreiro, onde caía o sereno daquela outra vez. Em seguida recitou, por cima, o poema onde o moço Davi representava o Criador montado sobre um querubim, voando, ambos, na lomba do vento. Ou seria um serafim, Tiana agora não estava certa, porque ocorriam-lhe os serafins alados de seis asas: com duas cobrindo o rosto, duas cobrindo os pés e com outras duas voando, subindo a alturas inalcançáveis por quem não portasse asas de crença forte. Alguém ainda admitiu arcanjos, anjos de guarda, pombas e santos, e ficamos nessa distribuição de elementos na corte celeste, estabelecendo hierarquias, dando de comer à ânsia de mistério. Eu, alheio às primeiras florações da minha personalidade, lembrei que a avó havia dito de outra vez que Deus trabalha com as sutilezas, deixando as evidências para o demônio. A não ser quando precisa demonstrar o tamanho de sua força e o corte de sua lâmina. Aí faz-se grande rebuliço, inundam-se diques, rompem-se veias, erguem-se maremotos e desabam tempestades, pois em terra onde não há onça, veado escaramuça, e a onça é Deus.

Acordei, na manhã seguinte à reportagem sobre a Casa das Marionetes, com a sensação de que o tempo correu muitos anos para trás. Abri os olhos, amanheci, e tudo amanheceu junto comigo: o tamarindeiro, a copa, a sombra, todos os meios-dias e os finais de tarde, o converseiro dos sabiás-laranjeira em cima do muro ou nos galhos do pé de limão galego, a lâmina afiada do avô Jacinto cortando a cana, a frigideira de peixe-pedra, a fresca toda. A saúde do meu corpo de menino magro, onde tudo estava protegido por pele íntegra e musculatura firme, ainda que pouco hipertrofiada. A hipertrofia, visível nos pombos que desfilavam descompromisso e circunspecção, gorduchos, emproados, como portassem bengalas, alternância entre juventude e velhice, sabedoria e a mais descartável leviandade. O gato de rua alimentado por Tiana às escondidas da avó, que não admitia dividir autoridade com felino temperamental, apesar de uma vez ter se afeiçoado a certo Antibes, que nem por isso deixava de abandoná-la, desaparecendo pelos telhados e muros, voltando apenas quando o fastio das liberdades o acometia e ele desejava os privilégios de posseiro. Na ausência da vigia da casa, a avó o deixava subir ao colo embalando-o na cadeira de pano, ainda dos tempos da bisavó Lama, "assim como são os humanos são as criaturas, uns mal agradecidos, interesseiros, pestilentos", repreendia-o enquanto alisava seu pescoço, cheia de ternura, muito materna ou talvez fêmea de homem que some pela cidade, deixando mulher retorcida em agonias, noites e esperas. Pelos últimos tempos, envergonhada da incompetência em administrar os abandonos do gato, só o acolhia na ausência de testemunhas, obrigando-me a fazer de conta que não percebia quando ela o empurrava do colo, avexada, à minha chegada de surpresa ao quintal ou até ao seu quarto, onde Antibes entrava pela folha da janela mantida aberta durante a noite, com certeza para isto mesmo. Até o dia em que ele não voltou para receber as reverências, fazendo-a abjurar todos os animais domésticos, considerando só os destinados ao abate.

Foi durante o velório da avó Ciana que reconheci a mobilidade do tempo, vendo-a criança pela primeira vez, transmutando o esquife da morte no berço para onde regressar. Sentado embaixo do tamarindeiro, integrado à chuva e ao ambiente da tarde, ou absorto nas lembranças da voz de Tiana falando de silêncios e serafins, experimentava a imobilidade do tempo, indiferente à insensatez desse delírio, todo dentro do ovo, do núcleo do ovo, de cuja gema o passar dos anos me faria escorrer.

Estive feliz? Não era questão de felicidade, mas de viver a hora, desintegrar-se nela, ou se amalgamar, quem sabe. Aqui, hoje, no momento do qual me volto para trás, é felicidade o que assunto; menos de acontecimentos ou euforia, mais de comunhão e pertencimentos.

Era outra vez: eu ainda não morava em Madri e visitava a cidade a negócios. Agora fazia inverno e estava hospedado em um hotel de frente para a Praça de Espanha. O dia amanhecera sem claridade, as luzes da cidade acesas, e eu observava através do vidro da janela no décimo primeiro andar o movimento das pessoas lá embaixo, acompanhando a primeira azáfama da manhã. Embora já morasse em cidade grande, quase nunca via essa confluência de pessoas em um mesmo lugar. Elas vestiam casacos escuros, em sua maioria, e as mulheres usavam botas ou sapatos de salto, cintas-ligas, talvez. Aglomeravam-se nos pontos de ônibus ou se dirigiam para a estação do metrô na própria praça. Calçavam meias de seda muito finas e portavam luvas. As mulheres, perfumadas todas. Elegantes, os homens. Eu escutava o barulho das solas dos sapatos e o atrito dos saltos altos com o chão da praça.

O som que eu ouvia era unicamente o Adagietto da quinta sinfonia de Mahler, no rádio do hotel. De onde estava não havia como visualizar o que aquelas pessoas usavam nos pés ou nas mãos ou por dentro dos casacos de inverno. Aos poucos, porém, seus passos tinham se tornando audíveis, sincronizados, e dos seus corpos eu poderia discriminar inclusive os aromas, fosse eu a chuva a despertar fragrâncias. Eu estava deitado no quarto da casa da capital, o dia nem havia clareado e as tias Hilda e Inácia passavam para lá e cá, debruçando-se às vezes sobre mim para pegar uma presilha largada na cama, a lixa de unha sobre o criado-mudo na lateral, recendendo o sândalo no vale perfumado entre os seios. Depois apreciava suas toaletes à frente do espelho do toucador, uma, e do espelho ovalado da penteadeira, a outra, e as via calçar as sandálias de saltos altíssimos ou os sapatos de saltos igualmente gigantes por cima das meias de seda, que elas vestiam sentada na cama, tia Hilda, e na cadeira da penteadeira, tia Inácia, alongando as pernas até esticá-las ao máximo, momento em que tia Inácia borrifando com a pluma empoava as coxas, o ângulo entre as coxas, fazendo vibrar, em seguida, sob a marcha das sandálias, as tábuas de madeira do assoalho onde sobreviviam desbotados desenhos geométricos.

Prosseguindo nos preparos da madrugada, apenas com as luzes dos abajures acesas para não incomodar a mim ou ao tio Rodrigo, elas agora abriam e fechavam as bolsas de couro permitindo-me ouvir o discreto estalar dos fechos metálicos e o tinir da lata do pó de arroz ao cair sobre o estojo de batom, após ser jogado dentro da bolsa da tia Inácia, atingindo também o vidro de esmalte ao lado. Eu não precisava abrir os olhos para reconhecer na sequência o aroma do café sobrepujando a essência dos perfumes, alguns murmúrios entre elas, risadinhas, tia Inácia bem disposta pela manhã, a água vertendo da pia, depois novamente passos pelo corredor lateral já a caminho da rua, os degraus conduzindo à porta, o atrito da grande chave na fechadura antiga, enferrujada, e os últimos passos na calçada estreita, evitando pisar nos paralelepípedos das ruas, inapropriados para os saltos tão finos, cada vez mais distantes, em direção ao trabalho nas repartições públicas.

Eu apertava os olhos com toda a força à procura do sono porque meu corpo respondia àquelas fragrâncias reminiscentes com acordes desafinados, não havendo a mais rudimentar possibilidade de atender a esse chamado de indecências que, com o passar dos anos e a exuberância da tempestade hormonal foi se tornando maior e maior, ao ponto de me tornar cronicamente insone, por tamanha angústia, configurando o distúrbio que, alinhando-me aos fantasmas da noite, ilumina as recordações e procede a contabilidade da existência.

O aquário

Os olhos de tia Hilda foram um aquário onde nadavam peixes em tons variados de azul. Durante a juventude e o começo da idade adulta eles alcançaram a maturidade da cor e explodiram matizes. Depois desbotaram. O azul esmaeceu e nunca mais adquiriu a antiga tonalidade. Foi o tio Tupi quem primeiro insuflou o aquário, revitalizou o ar, para depois retirar num único gesto a bomba de oxigênio, comprometendo em definitivo a respiração daqueles peixes que se revelaram tão frágeis.

Tia Hilda foi a filha mais bonita de minha avó. Ouvi essa afirmação muitas vezes, ainda mais quando as extravagâncias de mamãe haviam incomodado quem fazia o comentário, constituindo-o, assim, em uma espécie de desabafo contra as benesses desfrutadas por ela. A beleza discreta dessa tia, a sua disponibilidade para as atividades domésticas, o temperamento afeito às obrigações do matrimônio sempre vinham à tona, se, veladamente, alguém desejava criticar as exigências de minha mãe, suas solicitações demasiadas, seus olhos voltados para dentro de si, deixando os interesses da casa, do marido e dos filhos em segundo plano, ou mesmo em terceiro; além de um marido com a resiliência do meu pai. Então, as qualidades da tia, o temperamento talhado para a vida conjugal, a dedicação à casa passavam a ser acionados e usados como exemplo das injustiças deste mundo que não faz distinção de qualidade nem avalia merecimento na hora de distribuir os troféus.

"Uns têm dita, outros caganita", Tiana comentava no quintal referindo-se ao destino de cada um, enquanto socava o milho no pilão para o xerém, que tia Hilda gostava de comer embebido no molho da galinha guisada. Como permanecesse sem nenhum apetite desde a separação e emagrecesse além do tolerável, Tiana se esmerava nos temperos e na escolha dos pratos que pudessem devolver à tia o prazer da boa comida. O interesse pela boa comida, pelos pratos robustos, as travessas encorpadas sempre acompanhou os frequentadores daquela mesa, à exceção de tia Dália, partidária dos doces e dos caldos. Para atravessar essa fúria culinária, e zelosa das próprias penas, Andradina se enfurnou no quarto da bisavó Lama, de onde só saía para cumprir as precisões e depois de se certificar que já não havia fogo no fogão a lenha, assim como constatar que todos de casa encontravam-se recolhidos à sesta, saciados.

Não há dúvida que tia Hilda padeceu de saudade do marido, ressentiu-se do descompasso entre seu sentimento e o dele, roeu-se em ciúmes, amargou a solidão da cama de casal cindida, porém, mais do que tudo, tia Hilda se envergonhava. Para ela o abandono do marido era o atestado de que não cumprira de forma adequada o papel de dona de casa, de companheira, esposa, e especialmente de mulher. Não ter alcançado a condição de mulher impedia-a de se refazer do sofrimento, e essa hipótese reacendia a sensação de inutilidade por ventura em vias de cicatrizar. Minha tia havia revelado à tia Inácia, pouco antes do casamento, que não se sentia estimulada aos compromissos do sexo. Se pudesse evitar essa parte do contrato, teria encontrado na consagração do casamento a justificativa da existência, que grande aleluia!

Todo o resto a encandecia: a casa para habitar, o alinhamento dos quadros nas paredes, a manutenção das flores nos vasos, o marido, os colarinhos das camisas engomados, as camisas separadas por função, a aliança no anelar da mão esquerda, as vinhas d'alhos para o dia seguinte, a chave da casa em duas cópias, os lençóis quarados e perfumados com discretos sândalos, a palavra esposa, o ombro no cinema ao anoitecer do domingo, a espera ao final das tardes de semana e a surpresa no cardápio do jantar, a mesa posta. O preparo do banho, a espuma de barbear à mão, a gilete, a toalha de rosto com a insígnia do casal. Depois, os filhos que viriam cheios de fomes e fragrâncias, renovando o pacto, alongando as noites, desafiando a finitude na manutenção do sangue familiar. E o sangue era o único fluido considerável para a perpetuação da existência, como se fosse pelas veias que se executasse a fecundação necessária.

"*C'est pas bon!*", tia Inácia exclamou, abraçando a irmã com firmeza, em tudo discordante daquela revelação.

Muitas imagens se perdem na confusão da memória, a relatividade compromete a precisão das lembranças, o tempo a tudo subverte, contudo mantenho nítida a presença de tia Hilda pelos corredores da casa, ou no dia do casamento, à frente do espelho da penteadeira, depois percorrendo a pequena nave da igreja apertando entre as mãos calçadas pelas luvas brancas o arranjo de margaridas, até despetalar as flores. Ou, antes, nas festas do salão paroquial, onde permanecia sentada a maior parte do tempo por vontade própria, sempre adequada, invariavelmente correta, mas sem imprimir algo de essencial, alguma centelha que transformasse o momento de sua chegada em um objeto novo até então ausente do cenário. Tão distante de minha mãe, que a um gesto inconveniente subvertia de imediato o conceito de inconveniência.

Assim, quando ouvia falar nos olhos de aquário onde nadavam peixes em tons variados de azul, eu pensava na solitária de vidro onde o peixe silencioso e apenas levemente desgovernado bicava as paredes, ora essa, ora aquela, ora a do lado de lá, tentando se comunicar com a ponta de dedo humano que, do lado de fora, fazendo vibrar as paredes transparentes, buscava despertar o pequeno universo onde o peixe habitava em assepsia e esquecimento.

Após a separação, e mesmo ao permitir que se abrissem as janelas, retornando à mesa para os alimentos do corpo e à igreja para a saciedade do espírito, tia Hilda despendeu a vida para manter-se correta, vertical, imune a qualquer comentário que depusesse contra a sua honra, alimentando o papel de mulher injustiçada. Por isso mesmo, acima das demais, essa nova mulher importada do estrangeiro que, ao abrir mão da natureza feminina e dos compromissos seculares, escancarava portas e janelas para a vulgaridade.

Com o azul dos olhos esmaecidos e as saias na altura dos joelhos a tia se esmerou para servir de exemplo à integridade. Foi a maneira encontrada para honrar a sua parte no compromisso do matrimônio indissolúvel. Criou o próprio estado civil e foi fiel a ele. Solteira não voltaria a ser, a viuvez não chegou a alcançar e casada não era mais. Tornou-se insuportável sentir-se alvo de olhares que, vendo-a sem a companhia de marido, depois de tê-lo usufruído, assopravam brasas onde com certeza ela devia se queimar durante as noites, longe da cama de casal, das chaves e do comando da própria casa. Sabe Deus o que passava na cabeça de quantos a varriam com os olhos, entre sorrisinhos à boca pequena ou gargalhadas escandalosas, apenas em função das curvas insistentes do corpo e da lembrança que deviam guardar do bigode encorpado do tio Tupi. O corpo transformado em algoz, quando buscava apenas se expressar para além dos vestidos, livre, como toda a gente, para percorrer os espaços públicos de sua cidade.

Acordava sobressaltada no meio da noite após o sonho repleto de perseguições, tempestades e caldeirões em brasa onde esquentavam azeite para lambuzar-lhe as pernas manipuladas por mãos masculinas cobertas de pelos. Em outros delírios estava nua, acorrentada à cama, o grito abafado pela mordaça, lagartos rastejando no assoalho, acionando guizos, cujo tilintar obsceno a fazia despertar encharcada de suor.

Desperta, dava de frente com A Revolta de Cristo na parede, a tela do Cristo crucificado resistindo à imolação, que tia Inácia trouxera do Vaticano, feita por um pintor de rua, e nesse transe entre sonho e vigília, em vez de reverenciar a sacralidade da pintura, perdia-se em devaneios pelo corpo do homem, as pernas entreabertas, os pés sobrepostos transfixados por pregos, a cabeça fletida, chagas, sangue, punhos cerrados e um esgar de delícia que não é apenas rebelião o que evoca, mas o maremoto violento e belo onde parecem se debater certos homens no momento do gozo. Tia Hilda se consumia nessas sensações. Rapidamente desenvolveu nojo do pensamento alheio, dos olhares de desconfiança das mulheres e de lascívia dos homens, como se ao cruzar com ela na rua, de volta da missa, um passeio ao redor da praça, a pescaria na quermesse junina, se postassem à porta das imundícies. Passou a lavar as mãos e a assear-se incontáveis vezes ao dia, chegando a simular visita à casa de algum conhecido, na porta do qual estivesse passando ao acaso, apenas para ter acesso à água da torneira e proceder à higienização.

Finalmente cedeu às insistências de tia Inácia e embarcaram juntas para uma temporada em Lisboa, a fim de exorcizar o desassossego, vertendo ali as últimas lágrimas renitentes. "Em Lisboa — explicou tia Inácia — a própria arquitetura remete ao choro; as lágrimas vertem das janelas lavando com água e sal os azulejos; a gente nem percebe que está chorando, porque toda a cidade igualmente chora, e seguimos anônimas, minha irmã, refletindo e dando sentido à arquitetura". Tia Inácia me contou que passavam tardes inteiras caminhando de braços dados pelas ladeiras da cidade, frequentando as casas de fado, subindo e descendo dos bondes, entrando ligeiras nas docerias onde cambiavam por queijadas e pastéis de nata as mágoas da irmã e suas próprias sentimentalidades, "que também as tenho, *mon chèr*, e elas também se beneficiam dos doces e das arquiteturas".

Bem mais tarde, na velhice, quando a saúde do corpo resistente aos açoites no espírito, e a beleza do rosto esmaecida, porém reconhecível, foram descobertas pela nova geração de parentes, ela acrescentou aos rituais de limpeza as delícias do álcool, as caipirinhas de lima-da-Pérsia, revelando-se uma companhia agradável e muitas vezes divertida; os peixes movimentando-se no aquário. As caipirinhas de lima-da-Pérsia, além de agradáveis ao paladar e aos olhos, pelas nuances de tons dentro do copo, transportavam-lhe de volta a uma época mantida à espreita, agora em segurança.

A pátina de tristeza em seu olhar, entretanto, não foi desfeita. Uma cortina de delicada cambraia jamais descerrada. Alguma névoa. Eu a identifiquei seguidas vezes, mas não me atrevi a penetrar no nevoeiro. Tia Hilda mantinha a cortina fechada. Apenas quando alcoolizada abandonava o olho-mágico por onde espiava a vida, quebrava as paredes do aquário e saía para os mergulhos em água corrente. Linda.

A louca mansa

A primeira pessoa a sugerir tratamento médico para tia Dália foi o padre César. Vindo da capital, ele chegara à cidade para assumir a paróquia depois da morte do padre Juarez. Se não foi o primeiro, foi quem oficializou a informação. Antes, tia Inácia havia insinuado que o juízo da irmã caçula era *détraqué*, semelhante às alterações do clima daquela região, que num único dia faz resplandecer o sol ao mais alto, para em seguida insuflar as nuvens até despencar a tempestade. "A guardiã dos pecados da família", ouvi-a dizer, num misto de desdém e comiseração. Ninguém lhe dera ouvidos, inclusive porque esses comentários eram feitos *en passant* e minha avó considerava boa parte das observações feitas pela filha inapropriadas para os costumes da casa, chegando a dizer a ela que, em terra de sapo, de cócoras com ele. Ela que reservasse os passeios fora da lagoa para quando estivesse entre os seus parceiros das cidades grandes, onde apreciava bater "tua rica plumagem."

Padre César disse com os efes e os erres que tia Dália sofria de alguma doença mental. Essa enfermidade, se não tratada, desmancharia seu juízo a ponto de deixá-lo com o aspecto da maçaroca do jenipapo que Tiana mexia com a colher de pau no cozimento do doce ali ao lado, e apontou o fogão à lenha, na ilustração do exemplo. Tiana, ouvindo de orelhada a conversa, benzeu-se duas vezes e abanou o fogo, enquanto a avó interrompia o corte dos quiabos. Segurando um deles entre os dedos da mão esquerda, e mantendo a faca na outra, vergou-se na direção do padre, descansou os cotovelos um em cada perna e o encarou nos olhos:

— Padre César, não existe doente mental em minha família. Nunca existiu e nem haverá de existir. Nesta casa até as galinhas têm juízo de razão e o máximo que pode ter acontecido à Dália foi receber essa dádiva divina de ser infantil por mais tempo que os outros.

A avó escandia cada sílaba das palavras. O padre não se intimidou.

— Sem perceber, a senhora foi direto ao ponto. É exatamente essa aparente infantilidade...

— Desde quando devemos tomar por loucura a inocência, o senhor me responde?

— Dona Emerenciana, entenda...

— Quem não está entendendo coisa nenhuma é o senhor, padre César, que desde que chegou a essa paróquia vem tentando enfiar fé na misericórdia, como andam fazendo esses representantes fajutos de Deus, responsáveis pela degeneração absoluta que estamos assistindo.

Colocando-se outra vez ereta, segurando o cabo da faca entre o polegar e o indicador, realizou uma espiral à frente da cabeça do padre aludindo a todo o Universo degenerado, obrigando-o a recolher o pescoço e a recuar a cadeira.

— Acho que a senhora...

— A bem da verdade eu não deveria me admirar — ela continuou abanando o queixo do padre. Se vocês se intrometem até no funcionamento da natureza das plantações, dos bichos e dos rios, por que diabos haveriam de respeitar a natureza da minha filha?

Padre César ainda não sabia que não se podia dizer não quando vó Ciana dizia sim.

De repente, ela apontou a faca em minha direção. À sombra do tamarindeiro, eu fingia ler um livro. Elevou a voz.

— Pergunte ao meu neto, que vive com ela pra cima e pra baixo, se alguma vez ele viu a tia atirar pedra na lua pra derrubar São Jorge do cavalo. Pergunte!

O padre olhou para mim com uma cara despretensiosa e boa. Movimentei a cabeça para um lado e outro, negando, acompanhado do muxoxo de lábios como quem diz de maneira nenhuma, antes que ele precisasse me fazer a pergunta.

"Pergunte, padre", ela insistiu, projetando a voz apenas o bastante para ser ouvida, e o padre César desistiu, porque com aquele tom de voz não se consegue discutir. Voltou-se para ela, anunciou a partida, levantou e ofereceu a mão para ser beijada. Sem se desfazer do quiabo aguardando na mão esquerda o corte, ela segurou a mão estendida do padre com a ponta dos dedos e a beijou com o canto dos lábios, evitando o contato direto da boca. Permaneceram em silêncio e ele saiu em direção à cozinha de dentro.

Antes de cruzar o batente se voltou:

— Pense no que lhe falei, e fique com Deus!

Deixando cair as rodelas finas e verdes na bacia, a avó dirigiu-se a ele, sem tirar os olhos do que estava fazendo.

— Vá com Deus o senhor, padre Juarez! Mas, acima de tudo, vá com calma.

O padre seguiu. Tia Dália saiu de trás de uma touceira no quintal e, passando tesa por nós, entrou em casa.

Vó Ciana suspendeu o serviço, tirou a bacia do colo, colocou-a sobre a mesa e se voltou para Tiana, ainda às voltas com o doce.

— Isso é terra de muro baixo, Sebastiana. Agora todo mundo se sente no direito de dizer o que lhes vai na telha; me compre um bode!

Ao contrário de minha mãe, inteiramente à vontade nos chifres da lua, vó Ciana não tinha ilusões a respeito de sua posição no sistema solar, mas reconhecia cada milímetro daquele chão onde se sabia absoluta.

No dia seguinte, domingo, após a missa, ela fez questão de convidar o padre para comer o caruru que preparavam desde a véspera. Ele aceitou o convite, chegando antes do meio-dia, bem humorado e disposto. Ficou conversando com meu avô embaixo do caramanchão, tomando licor de pequi e beliscando a carne de sol passada na farinha.

Na hora do almoço se refestelou com o caruru e a galinha d'angola ensopada, embora se dissesse zeloso da silhueta e adepto das baixas calorias. Na sequência, lambuzou-se com o doce de jenipapo, indo até a cozinha cumprimentar Tiana: "Que mãos de fada, filha!"

Depois do café, fazendo de conta que não percebia os bocejos do padre, a vó o chamou à sala. Sem rodeios, pediu que não voltasse mais ao assunto do dia anterior sob nenhuma hipótese. Mesmo considerando a possibilidade de Dália ter algum descompasso mental, a filha não fazia mal a ninguém, cuidava dos próprios asseios, não se apresentava sem ser convidada, era útil à paróquia e vivia como um passarinho, sem ofender sequer o pouco que comia; "uma pombinha sem fel, padre", concluiu, com o grave da voz.

Padre César, naquele momento mais interessado em descanso do que em polêmica, acedeu aos argumentos, sugerindo que se mantivesse toda a atenção sobre ela, uma vez que fazia parte do próprio mecanismo dessas enfermidades manifestações em surtos inesperados.

Minha avó o tranquilizou: "Quem pariu minha filha fui eu, padre, portanto ninguém a conhece melhor do que eu mesma. Quem já lambeu a cria sabe o gosto que tem, e se existe uma coisa que sua língua nunca vai saborear é o gosto da cria."

Desviou o assunto para a quermesse de junho logo ali, porém padre César já não conseguia disfarçar o sono e pestanejava loucamente.

Tenho certeza que foi apenas para puni-lo pela irreverência ou pela intromissão que a vó insistiu no assunto da quermesse, considerando todos os aspectos que poderiam favorecer ou atrapalhar as festividades, indo dos climatéricos aos culinários, chegando a descrever em detalhes todo o ritual do preparo do caruru desde a cata dos quiabos, o corte em fatias uniformes, as técnicas para eliminar o excesso de baba e a manutenção do ponto no cozimento, até a escolha, no mercado da capital, do camarão seco, que deveria estar confortável dentro da casca, pois do contrário, se a casca estivesse grudada no corpo, daria trabalho na hora de descascar, sendo necessário deixá-lo de molho na água por longo tempo, comprometendo a consistência e mesmo o sabor levemente salgado e marinho desses crustáceos, e por aí seguiu sem sequer pontuar as sentenças, o que facilitaria a respiração dela e a compreensão dele.

O padre estava quase vencido. A vó ainda não estava satisfeita. Lembrou a importância do toque de gengibre e do leite de coco, adendo da família à receita tradicional, mas acrescentou que não se deveria em absoluto exagerar na quantidade de nenhum dos dois ingredientes, pois tanto um quanto o outro, devido à excepcionalidade dos sabores, poderia se tornar enjoativo ao paladar, e não se tem notícia de qualquer delícia que sobreviva ao uso indiscriminado das porções. "O senhor deve saber que a beberagem de ervas até certo ponto é remédio, mas a partir dali é veneno", a avó não poupou o padre de vários desses ensinamentos, interpretando, sem dó nem piedade, a partitura do seu vasto repertório.

Padre César resistiu o que pôde, respondendo com movimentos afirmativos de cabeça, pequenos trejeitos de boca e fingida admiração, procurando palavra para dizer, sem encontrar condução na língua para algo adequado, sendo vencido pelo excesso alimentar clamando a misericórdia da sesta. Afinal despencou a cabeça no encosto da cadeira de balanço, revezando-se, a partir daí, entre um ressonar ruidoso e o sorriso plastificado sugerindo interesse pela conversa, sem condições de manter os olhos abertos. Um calor de rachar mamona, bolinhas de suor se formando na testa e escorrendo pelo rosto esfogueado, sem que em seu socorro entrasse pelas janelas uma mínima brisa temente a Deus.

Conhecendo a vaidade do padre, a avó se divertia, antevendo o sem jeitume com o qual despertaria. Quando ele mergulhou no sono e pendeu a cabeça sem controle, ela se levantou e foi sentar no quintal, na cozinha de fora, ao lado de Tiana, que com a água no fogo se preparava para renovar o café. Comentou, deslizando as mãos pelo vestido: "É, Sebastiana, pelo santo se beija o altar. Mesmo que esteja sujo".

Ao despertar, demonstrando o constrangimento adivinhado por minha avó, que, de longe, acompanhava a cena, padre César saiu limpando a baba na manga da batina, apressado, sem se despedir, ganhando a rua no rigor do sol.

Minha tia Dália só foi apartada da família para algum tipo de intervenção médica muitos anos depois, quando a vó Emerenciana não vivia mais.

Os búzios

Os comentários a respeito do comportamento de tia Dália começaram a tomar corpo, fugindo ao controle da mãe. Dona Vitalina, enquanto chuleava um vestido no quarto de costuras, cogitou a hipótese de feitiço, o encantamento encomendado por alguma criatura invejosa do prestígio da família, quem sabe um desafeto da vó Lama ou uma colega de juventude a quem Emerenciana tivesse contrariado, ofendido, vai saber. Lembrou do Praga de Vó. Ele nascera tremelicando, para cumprir a praga de uma avó agredida pela filha grávida que lhe atirou no rosto o óleo quente da frigideira onde fritava um ovo, tornando-a cega da visão esquerda, motivo do tapa-olho de couro sintético, escondendo a cratera da maldição.

"Bobagem, Vitalina, maiores são os poderes de Deus", a vó comentou sem convicção, mas permitiu que a vizinha acompanhasse Dália a um terreiro algumas léguas dali e consultasse Pai Avelino da Mata, conhecido feiticeiro habituado a devolver juízo e saúde a quem tivesse merecimento e dinheiro para pagar as encomendações. "Para todos os efeitos não estou sabendo de nada", acrescentou, liberando a outra para convencer tia Dália; avó Ciana queria se livrar das dificuldades, o que não queria dizer torná-las públicas.

"Não há feitiço que sobreviva aos tambores do Pai Avelino, Ciana."

Minha avó se surpreendeu com os conhecimentos exóticos da vizinha, porém permaneceu calada, incrédula quanto aos poderes dos tambores, mas decidida a permitir alguma intervenção no comportamento da filha, sem precisar aceder ao padre César ainda insistindo em avaliação psiquiátrica na capital. Um filho avaliado por um psiquiatra estava tão distante das cogitações de minha vó quanto as malandragens do demônio estão distantes da sobriedade de Deus. Também não fazia parte de suas expectativas ver a filha caçula rodopiando ao som de batuques africanos, inalando fumaça de charuto ou respirando o ar embriagado destes ambientes, entretanto era conhecida a discrição dos frequentadores dos rituais, a competência do pai de santo e, cansada de cogitar argumentos que convencessem a si própria, concluiu: "Seja feita a vontade de Deus", transferindo para Ele a responsabilidade pela decisão.

A outra comemorou: "Suspende essa descrença, Emerenciana!", prontificando-se a tomar as providências.

Tia Dália não resistiu ao convite de dona Vitalina, seduzida pela ideia de conhecer um templo diferente dos que estava habituada a frequentar, persuadida pelos argumentos, aos quais, para surpresa das mulheres, dera ouvidos. A vizinha não economizou nos detalhes, ao contrário, acendeu holofotes onde não havia mais do que chama de velas, enfatizando a intimidade dos participantes com o além, as luzes e as trevas, garantindo que mortos e vivos transitavam daqui para lá e de lá para cá com a naturalidade de quem passeia pelo largo da igreja ao final da missa de domingo. Tia Dália ficou fascinada, solicitando, apenas, a minha companhia, portanto foram obrigados a esperar as férias do meio de ano. Quando chegou a noite de irmos ao terreiro senti-me mais uma vez em diligência. Dona Vitalina desistiu de convencer tia Dália a não usar o véu, mas conseguiu que ela deixasse o terço enrolado no pescoço da Senhora do Perpétuo Socorro, garantindo que não teria serventia no terreiro. Vó Ciana fez de conta que não sabia para onde íamos e reiterou, em voz baixa, a discrição. Dona Vitalina, ultimando os preparativos, e zelosa do seu papel, movimentava-se pela sala num pé e noutro, chegando várias vezes à porta da rua para se certificar da firmeza do tempo e da ausência, na calçada ou nas janelas, dos vizinhos menos discretos. Dirigindo-se à minha avó, disfarçava a excitação com uma voz ponderada, enfatizando a falta de intimidade com os rituais, limitando sua participação à vontade de servir aquela amiga a quem devia novos e velhos.

— Bem haja! — vó Ciana encerrou o assunto.

Partimos na caminhonete de compadre Dominique, contratado para nos acompanhar e permanecer de vigília à porta do terreiro, porque apesar da fama de valente não tinha coragem de entrar.

Desde o Largo do Cajueiro, depois de estacionada a caminhonete, ouvíamos o batuque. Descemos. Após poucos passos a tia estacou, ficou escutando a percussão e apertou sua mão gelada na minha, sem desviar os olhos da casa amarela do outro lado do largo. Temamos, eu e dona Vitalina, uma desistência, no entanto ela fechou os olhos, aspirou a fresca da noite e retomou o passo rumo ao portão.

Entramos pelo corredor comprido na lateral da casa. Depois de contornar toda a construção, o corredor terminava em um salão cimentado onde músicos tocavam tambores, cabaças e atabaques, sentados em tamboretes, esmurrando os instrumentos. Os instrumentos de ferro e madeira produziam um som vigoroso, fazendo pulsar as paredes e os corpos dos que estavam por lá. Algumas pessoas rodopiavam pelo salão e eu me lembrei dos banhos noturnos no rio quando tia Dália imitava o movimento das piabas deslizando o corpo sob o banzeiro. A fumaça do defumador estava restrita aos cantos da sala, mas o aroma respirava-se em toda parte, como no sonho onde sobrevoara a capital dentro da carruagem da Ana Jansen, ao lado de tia Inácia, embebedados pela fragrância do narguilé. Sentado em uma cadeira com espaldar de vime, o sacerdote sorridente e gordo vestia túnica branca com aplicativos de renda, tinha o peito coberto por cordões em contas e búzios, os braços cheios de pulseiras de ouro e os dedos abarrotados de anéis adornados por pedras coloridas, marcando o ritmo do batuque, com a displicência de quem não interpreta o que está fazendo.

Mulheres usando saias longas afogadas em folhos se misturavam a outras vestidas com as roupas do dia a dia, igualmente em transe, todas descalças, algumas deitadas no chão, onde também se encontravam homens imóveis, alguns convulsionando apenas os pés, como se os pés fossem independentes do corpo, ou ainda uma lagartixa cortada ao meio. Tia Dália sorriu, ergueu a cabeça, percorrendo tudo com os olhos, e mantivemo-nos em pé ao largo do salão.

De repente, e impulsionada por algum sopro imperceptível para qualquer um de nós, ela largou a minha mão e

entrou no meio das pessoas, seguiu, continuou avançando
e começou a dançar, a rodar, a girar, acelerando os movimentos à medida que aumentava a palpitação dos tambores, emergindo para outra dimensão sob o comando de
alguma voz percebida unicamente por ela, feita devota de
um avatar estrangeiro. Minha tia irmanou-se àquela gente
sem qualquer formalidade, integrada ao ritmo do terreiro e
à fumaça do defumador, afinal sacerdotisa da tribo sobre a
qual eu escrevera no caderno encapado com a folha amarela
de papel celofane, àquela altura abandonado na gaveta da
mesa de cabeceira do meu quarto. Tudo adquiria uma lógica
distante das aparências e de qualquer entendimento formal,
inclusive o contraste do vestido preto com a alvura das outras indumentárias, destacando-a no centro do cenário, onde
meus olhos insistiam em erguer uma fogueira de línguas in-
candescentes, reverenciando com fogo a soberania daquela
entidade, e eu exultei.

Dona Vitalina, excitada com o que assistia, sorria enva-
idecida, creditando-se o mérito de ter aberto as portas para
a cura da enfermidade, a tia rodopiando à frente, arauto de
vitalidade e saúde. Arauto de alegria. Uma alegria gema de
emoções divergentes, sugeridas pelo semblante enlevado e
etéreo, a séculos do que tentássemos alcançar. Por falta de
jeito ou excesso de encabulamento, dona Vitalina passou a
acompanhar a melodia em discretos movimentos de pés, tam-
borilando a palma da mão esquerda com os dedos da mão
direita, balançando o corpo, desajeitada, como quem, à mesa,
se engasga com um gole d'água e tenta disfarçar o embaraço.

O semblante da tia transparecia o reencontro com alguma gente conhecida, insinuando laços de afetos distantes,

evoluindo no terreiro com segurança, chamando atenção das pessoas, que abriram roda em torno dela, acompanhando, com palmas, o seu desempenho, envolvidos pelo mesmo delírio. Para surpresa de todos, e como fazia apenas nos momentos de intimidade, tia Dália soltou os cabelos e balançou a cabeça, fazendo-os escorrer à cintura, alinhando, numa vertical, a silhueta. Com o véu passou a executar riscos e traços pelo ar, portando lenços ciganos em lugar do tecido sagrado, e seus pés ganharam a leveza de giros cada vez mais coordenados como se a qualquer momento fosse levantar do chão e flutuar, o espírito inteiramente desperto, o corpo dono de si e de tudo. Fiquei fascinado com o que vi. Pudesse desobedecer à rigidez daqueles dias, teria tirado os meus pés do chão e me dispersado no ar junto com eles.

"Parece cobra na areia quente", dona Vitalina agora comentou no meu ouvido, e eu vi a serpente evoluindo no salão, tecendo com a ginga o bote coreografado.

O sacerdote, da cadeira, sorriu o riso reluzindo ouro também nos dentes e estendeu-lhe os braços. A tia, após acomodar novamente o véu sobre a cabeça, insinuou-se devagar, serpenteando o corpo, dirigindo-se para onde ele estava. Olharam um para o outro de um jeito íntimo. Ele aproximou a mão para colocá-la sobre a cabeça coberta pelo véu, contudo ela não se inclinou e, sem deixar de encará-lo nos olhos, foi se retirando, evoluindo para trás, ainda no ritmo do batuque, até chegar onde eu estava, puxando-me pela mão rumo ao corredor de saída, correndo na ponta dos pés, feito vento soprando, soprando, anunciando tempestade. Dona Vitalina nos seguiu, sem conseguir nos alcançar até o Largo do Cajueiro. Entramos na caminhonete ainda escutando o chacoalhar das cabaças, despertando compadre Dominique, que cochilava abraçado ao volante.

Pegamos a estrada de barro. Embora a vizinha insistisse com a tia para ela falar a respeito das impressões e do que havia acontecido, tia Dália mantinha-se calada, de certa forma ausente, refazendo o coque com tranquilidade, abrindo a boca apenas para cantarolar as cantigas que acabáramos de escutar, todas saltitando na ponta da língua como se estivessem até aquela noite adormecidas, exatamente ali, à espera.

Em casa, encontramos a vó acordada. Ela saiu do quarto de costura trazendo na mão um boneco da marionete, o tocador de flauta. Desde a tarde ela vinha restaurando a pantalona vermelha vestida por ele. Tia Dália baixou a cabeça, entrou no quarto deslizando na ponta dos pés, assim bailarina, e bateu a porta. Vó Ciana interrogou-me com os olhos e eu disse que tia Dália era muitas pessoas dentro de uma só, cheia de camadas feito alcachofra, rica de matizes feito o arranjo das fitas coloridas pendendo dos chapéus nos festejos do Bumba meu boi. Apesar de tímida e acanhada, ela sozinha valia pela procissão inteira do Divino Espírito Santo. Eu estava realmente surpreso mais uma vez, o coração fora do corpo.

Não descobri até hoje se minha avó achou engraçado, procedente ou sem nexo essas comparações. Ela pareceu sorrir e, sem insistir no assunto, mandou que eu fosse tomar banho, beber um copo de leite, deitar e dormir, "não esqueça de lavar os pés." Depois, voltou ao quarto de costura, deixou o flautista sobre a poltrona de retalhos, desligou o aladim, entrou no quarto e se dirigiu à Senhora do Perpétuo Socorro, aos pés de quem queimavam duas velas. Percebendo que eu acompanhava os seus passos, e querendo manter a privacidade com a madona, repetiu as ordens, ordenou boa noite pela segunda vez e fechou a porta do quarto.

Nunca mais eu e tia Dália voltamos ao assunto do terreiro, do transe, das danças. Seu comportamento não sofreu nenhuma alteração, como se essa noite não tivesse acontecido. Dona Vitalina não alcançou o posto de redentora.

A única mudança foi a evolução de um distúrbio contra o qual não estava sendo utilizado qualquer procedimento efetivo — mas isso também fazia parte dos segredos da *Maison*.

Algum tempo atrás, saindo da única visita feita a ela no Asilo do Sagrado Coração, onde agora vive, permaneci sem resposta quanto ao que restara para a tia de tudo o que vivemos juntos. Não sei exatamente o que sobrou de sua memória. Desconfio que, ao contrário de minha mãe, à frente do espelho e debruçada sobre o passado, suas referências são sempre as atuais e a expectativa do futuro imediato, toda ela física, habitante de um eterno hoje. Pensei na memória como a hélice do liquidificador triturando ingredientes variados e heterogêneos. O resultado é uma pasta que não realça este ou aquele sabor, homogeneizando tudo. Porém, se houver tempo para uma degustação mais apurada é possível distinguir pelo menos alguns ingredientes: aqui, uma taboa de pirulito, o banho de rio embaixo de lua, o incenso de cravo aromatizando o turíbulo, ali os dois lados da gangorra amarela, o balancê das horas, a chuva despencada no quintal, a frigideira de peixe no fogareiro, a última pá de terra sobre o corpo de alguém a quem se amou com alegria.

É provável que eu jamais descubra com qual sabor contribuí para aquela mistura.

A galinha

Andradina chegou à casa dentro do ovo de uma poedeira do sítio fulminada pelo raio da tempestade que, sem despencar em água, riscou o céu em relâmpagos numa exaltação de gladiadores esgrimindo espadas. Foi dessa forma grandiloquente que meu avô narrou o acontecimento daquela manhã todas as vezes a que se referiu a ele. A eletricidade fulminou, apenas nas imediações do sítio no Céu Azul, para mais de cinco animais, a mãe de Andradina e um pombo-correio incluídos. As penas da galinha rodopiaram ao vento logo após o abate, porém fragmentos do corpo despedaçado do pombo foram sendo encontrados na sequência dos dias.

O vaqueiro trouxe a ninhada de cinco ovos agasalhada em um cesto de palha forrado com panos velhos, folhas de mamona e o que foi possível resgatar da penugem da mãe, a fim de ser chocada por Serena, conhecida em todo o galinheiro pela placidez e generosidade. Contudo, apesar dos cuidados do vaqueiro durante o transporte e da boa vontade de Serena na manutenção da gravidez, apenas Andradina resistiu à mudança.

Tão logo desenvolveu a primeira penugem, a franga começou a revelar as matizes de sua personalidade, demonstrada inicialmente na maneira sinuosa de caminhar movimentando o pequeno quadril a cada passada lenta, evoluindo para peculiaridades na alimentação, manifestando cedo a intolerância ao milho e derivados, principal ração do galinheiro, obrigando Tiana a preparar suas refeições no fogão à lenha junto a dos outros moradores da casa.

À época, a bisavó Lama ainda tomava o banho de sol no quintal, ao lado do caramanchão, sendo a primeira a perceber as extravagâncias da galinha. Quando forravam com os cobertores a cadeira de balanço, antes até da chegada da bisavó, Andradina começava o desfile, esmerando-se nas evoluções de pernas e quadris, alongando, sem pressa, as passadas, arrebitando o minúsculo rabo amarelo carente de penas, chegando a se colocar na ponta dos pés, em delicado equilíbrio, voltando-se em seguida, para a plateia suposta, avaliando o efeito da apresentação. Tiana logo adivinhou as intenções de Andradina porque havia visto algo parecido na performance de Lazinha anos atrás, mas se manteve calada. A bisavó Lama, embora também percebesse o ardil, afeiçoou-se a ela, compreendendo, numa cumplicidade toda feminina, o desconforto que a vida ao ar livre em um galinheiro frequentado por tipos banais seria capaz de provocar em alguém com aquele nível de feminilidade.

Minha avó, embora avessa às excentricidades, não pôde deixar de reconhecer naquela franga a linhagem das mulheres da família, a têmpera, a crista levantada, não se opondo ao pedido da mãe para que Andradina ultrapassasse o batente da cozinha de dentro, usufruindo do convívio mais íntimo da casa.

"Outros galos me cantarão!", dava para ouvir a euforia da galinha ao penetrar na casa pela primeira vez, observando tudo. Tiana gostava de contar as histórias de Andradina, servindo-as como milho à minha curiosidade, e eu degustava cada grão. Usava essas histórias como exemplo sempre que alguém, em rompantes de idolatria pelos animais, e na tentativa ridícula de endeusá-los, os colocava acima dos seres humanos em matéria de integridade e afeto. Ela, que lidava com todos da mesma maneira, quer rastejassem, voassem, se locomovessem com duas ou quatro pernas, relinchassem, cocorocassem ou preferissem tomar conta da vida alheia, fazia questão de afirmar que caráter não se avalia a partir de bico, lábio, nariz ou focinho, mas do que vai por dentro deles. Cada criatura é uma criatura, independente da espécie, "um cavalo domesticado se assemelha mais a um cachorro domesticado do que a um cavalo selvagem", não cansava de repetir. Concluía afirmando que Andradina detestava os cheiros da bisavó. Não por revelarem deficiência de higiene ou coisas assim, a bisavó era lavada todos os dias e empoada dos pés à cabeça, mas porque reconhecia, por baixo de todos os talcos e fragrâncias, o odor insuportável da velhice. Para ela, a velhice assemelhava-se às penas chamuscadas da mãe atingida pelo raio, fazendo com que, nessa intersecção de pensamentos, temesse a proximidade do fim, e Andradina amava viver.

"E quem não ia amar?", insistia Tiana enquanto movimentava o abano, mexia na lenha e quebrava os carvões maiores, despertando as brasas, aumentando o fogo do doce de goiaba. "Aquela vivia à tripa forra. Para Andradina, só faltava cobra pra lamber e pira pra se coçar, porque de resto tinha tudo. Eu mesma, embora fingisse o contrário, servia ela com gosto. De todas nós, era a que melhor sabia viver, e, não tenho dúvida, é a que foi mais longe."

Quando Andradina desapareceu ninguém notou de imediato. Há tempos sua presença passava despercebida na movimentação da casa. Logo após a missa de sétimo dia em intenção da alma da bisavó Lama, vó Ciana desfez a cama, mandou queimar o colchão junto com os lençóis, as camisolas e todos os panos, doando para a creche das freiras oblatas os demais objetos que testemunharam a demência da mãe. Tia Dália, apesar do esforço, não dispensava a Andradina a atenção que ela estava acostumada a receber, esquecendo-se de responder aos seus apelos e atender as exigências, maiores a cada dia, além de não ter conseguido se adaptar à companhia da galinha na cama. A rinite, que desde os unguentos com folha de espiriteira, preparados por Tiana, andava sob controle, voltou a se manifestar através dos espirros, desestabilizando o precário equilíbrio da tia, que temia espirrar o espírito pelas ventas durante um desses acessos. Tia Dália me dizia que uma pessoa sem espírito dentro do corpo é como veleiro sem velas abertas navegando pelo meio do mar.

Andradina, quanto mais se sentia relegada, mais aumentava as solicitações, saltitando de um desejo para outro, causando aborrecimento crescente na tia. A tia começou a fugir dela como o diabo da cruz, valendo-se do mesmo empenho com que fugia das pessoas e dos demônios. Recolhia-se durante tardes inteiras ao canavial, dando continuidade ao interesse pelo labor das formigas sempre se movimentando de um lado para o outro naquelas intrincadas redes, sem conseguir acompanhá-las até o ponto final, "se é que existe nessa confusão de rastos algum ponto final", resmungava, porque não conseguia chegar ao castelo construído dia a dia com o arsenal de folhas e gravetos: "elas pensam que me cansam, mas desconhecem o tamanho da minha paciência." E seguia colhendo toda sorte de pequenos pirilampos para montar os fogos de artifício indispensáveis àquela maneira de estar no mundo.

Abandonada, Andradina primeiro enfureceu para depois entristecer. Inicialmente sem som, mas com atitudes cada vez mais eloquentes, passou a recriminar a todos que, após a morte de Lama, continuaram suas vidas como se naquela casa tivesse morrido uma barata pisoteada pelo pé displicente de uma visita de semana, depois varrida e incinerada sem que ninguém demonstrasse interesse pelas cinzas. De uma hora para outra deu de subir nas cadeiras onde, batendo as asas e elevando o bico feito galo de briga, cacarejava a largos pulmões, evoluindo para a mesa de jantar, bicando o que encontrasse pela frente, derrubando louças, cagando em cima dos guardanapos em cambraia de linho porventura largados ao final da merenda. Chegou ao desplante de alcançar a petisqueira de imbuia, reduto das xícaras de porcelana japonesa, ciscadas uma por vez, em paciente sincronia, fazendo-as se espatifar no assoalho, traduzindo a fúria que as arremessava ordenadamente ao chão. Nessa destemperança, negligenciava inclusive o provável parentesco entre elas. As xícaras, em matéria de delicadeza, assemelhavam-se às cascas de ovo, das quais receberam o apelido. Numa postura ética e solidária à tragédia familiar, Andradina, até aquele momento, devotava respeito a tudo o que aludisse aos ancestrais e à sua sina.

Lembro-me do encantamento ao olhar o que restou do jogo de xícaras, levantando-as contra o sol, clareando as sombras, iluminando a figura em preto e branco da japonesa conduzindo a sombrinha em alto-relevo, ou apenas exibindo o coque nos cabelos, fazendo-me evocar mundos inusitados, viagens, cidades, promessas, transportes. Lembro igualmente de flagrar tia Inácia fazendo o mesmo movimento ao lado da janela aberta, como quem investiga através de um caleidoscópio os movimentos da vida, e adivinhei ali essas mesmas evocações.

Ao nos encontrarmos tantos anos depois em um café de Paris onde havíamos combinado nos ver após os compromissos que ambos havíamos agendado com outras pessoas naquela mesma noite, a lembrança desta tarde em que a vi perscrutando a xícara de porcelana ao lado da janela verde foi capaz de retroceder o tempo, evitando que todos os anos transcorridos sem qualquer aproximação entre nós representassem algum impedimento para a vitalidade do reencontro.

Eu e tia Inácia tínhamos a cumplicidade apenas dos fatos que presenciamos ou dos quais ouvimos contar, raramente dos sentimentos. Embora testemunhas dos mesmos dias, sempre os constatamos de postos diferentes, e é o local de onde observamos — e a natureza do sentimento que acompanha esse olhar — o que realça ou atenua os traços da mesma tela, estabelecendo cumplicidades. Esta sintonia experimentei com tia Dália, porque, embora silenciosos boa parte do tempo, éramos despertados do silêncio por estímulos parecidos, mas ela preferiu se recolher, permitindo que eu me exasperasse na solidão de ser único e prisioneiro desta unidade, como somos todos. E, igual a todos, estive submetido aos dias que passavam sobre a minha solidão. Por cima ou por baixo de mim. Cada vez menos à altura do meu tamanho.

Andradina era uma sobrevivente e sabia disso. Sabia e respeitava, zelava por isso. Reconhecia as artimanhas que utilizara para se distinguir numa casa onde os que não fossem da família precisavam se esforçar para adquirir alguma importância. Um esforço inútil para a maioria, mas ela adquiriu uma voz. Muito cedo tomou conhecimento de sua origem e a que sobrevivera, decidindo fazer por onde merecer a oportunidade.

Quando viu Tiana consolando a pequena Judite, que não queria interferência no destino, mas fora entregue à minha vó em doação, ela escutou bem: "A gente precisa bater à boa porta, Judite. Ficar embaixo de árvore que dá sombra." Judite não concordou ou não compreendeu e fugiu naquela mesma noite, acompanhando o circo de partida, afeiçoada, desde a primeira função, ao atirador de facas. De sua parte, Andradina gostou do que ouviu. Sabia que a cobertura em madeira e barro, apesar da cumeeira mais baixa, oferece mais segurança do que a lona do circo, e em toda a casa não havia árvore mais frondosa do que a velha Lama. Mesmo sem participar das decisões objetivas, motor dos afazeres do dia, era daquela madeira que se erguiam os caibros e as ripas, por mais que vó Ciana fosse o próprio mourão a segurar todas as vigas. Andradina precisava se defender dos raios e das tempestades. Precisava, acima de tudo, proteger o pescoço, objeto de cobiça da faca afiada de Tiana e do apetite de boa parte dos comensais batendo os talheres ao redor da mesa, locatários de toda a fome do mundo.

Era necessário chegar à Tiana por vias tortas, porque reconhecera na criada absoluta fidelidade à casa e aos cuidados, sacrificando os seus iguais, se necessário, para manter a ordem e os andamentos. Andradina sabia que Tiana a desvelara logo de princípio, e não se sentia em condições de botar à prova aquela fidelidade. "A maior puxa-saco que o sol brasileiro já cobriu", dizia, para si, enquanto levantava o rabo e rebolava o minúsculo quadril à passagem da criada, tentando seduzi-la. Tiana franzia os lábios e dava de ombros, sem sair de dentro de si. Às vezes batia o pano de prato no rabo amarelo para assanhá-lo e irritar a galinha: "Xô, frangota metida à moça!".

Por tudo isso estava difícil conviver com o ostracismo após a morte da bisavó. Receber a proteção de tia Dália não era motivo para festejos. A proteção que tia Dália podia oferecer era tecida numa trama transparente, fina e frágil, tenda esvoaçante incapaz de sobreviver a ventanias, todavia era a maneira de continuar embaixo do teto. Agora, quando nem com a atenção da tia podia contar, ela se sentia abandonada e só pela primeira vez, coberta por um céu que cobre a todos, sem diferenciar ninguém. Andradina, embora reivindicasse respeito às individualidades, não aspirava distanciar-se totalmente de todos, repetindo o eterno conflito dos que buscam, ao mesmo tempo, se distinguir e ser igual aos demais.

Revoltada com o desinteresse de tia Dália, a galinha resmungava por dentro das penas, tentando acompanhar as passadas da tia pelo quintal: "Essa daí assoviou ao sol do meio-dia, só pode!", repetindo as palavras de Ciana ao se referir às insanidades do juízo, mas quando tia Dália se voltava para ela, levantava a crista e abria o bico, simulando agrado pela companhia da outra.

Ao ser informada do que havia acontecido às xícaras de porcelana japonesa, a avó Ciana devolveu-a ao galinheiro, interditando sua entrada dentro de casa. Castigo maior Andradina não poderia receber. A galinha pródiga. A princesa que regressa ao borralho. A madama que tropeçou no salto. Quanto assunto daria para todo o quintal. Quanta inveja seria recompensada. A velha ainda nem esfriara o corpo embaixo da terra e por aqui já agiam à revelia dos seus afetos. Não houve uma única voz que se alevantasse ao seu favor. Ou a favor da memória da velha. A favor da justiça social. Andradina realmente entristeceu.

Tiana me disse que ela não subiu ao galinheiro em nenhuma das duas noites atravessadas no quintal antes de desaparecer. No terceiro dia, na última vez em que foi vista, tinha olheiras enormes devido à vigília de pé.

Pôs os dois últimos ovos ao lado de uma touceira no canavial, depois os bicou e pisoteou até reduzi-los a farelos de casca, clara, gema e barro, encerrando ali uma dinastia injustiçada. Olhou para o quintal de ponta a ponta, até onde a vista alcançava, reviu a cozinha de fora, o avental de Tiana pendurado na estaca, o fogão à lenha e as panelas de ferro às quais sobrevivera, a fumaça rala do carvão quase sem brasas, a sombra do tamarindeiro, ergueu o pescoço, arrebitou mais uma vez o quadril, começou a caminhar, alongou as passadas e passou altiva pelo galinheiro. No poleiro dormia o galo velho, meia dúzia de galinhas e uma coruja inquilina, que não a viram passar. Cruzou o portal dando acesso à parte interna da casa, onde não entrava desde a proibição da vó Ciana, seguiu pela cozinha de dentro, o corredor, a sala de jantar, a sala de estar, ultrapassou as portas dos quartos, o terraço, chegou à calçada, olhou para ambos os lados, saiu à direita e ganhou a rua sem se voltar uma única vez.

Nunca mais foi vista na cidade.

Da mesma forma que aquela casa, Andradina tinha caráter.

O barco de madeira

Tia Inácia tinha em comum com Andradina o desinteresse pela maternidade. Muito cedo percebeu que este tecido não a vestiria bem. Ratificando as convicções da galinha, considerava a vida excessivamente curta para dividir os interesses pessoais com os interesses de outra criatura. Esta criatura ocuparia o centro de sua existência, iniciando a devastação ainda antes de chegar ao mundo, ao esgarçar a musculatura do abdome transformado em ovo, continuando o estrago pelo trajeto até desembocar no nascimento, e tia Inácia nutria verdadeiro *terreur* pelas adiposidades. Uma relação principiada com este nível de agressividade não pode desaguar em fontes cristalinas.

A história de que o amor maternal brotava do nada, como do nada Deus havia parido o Universo e na sequência se encantado com ele, não a convenceu, e tia Inácia decidiu não pagar para ver. Consumiu toda a existência às voltas consigo e com as escolhas.

Foram muitas as escolhas. Teria começado lá atrás, se lhe fosse permitido interferir. Não desembarcaria a bordo da barriga da vó Ciana, apesar de reconhecer em si a matriz da qual descendia. "Nada contra a minha mãe, mas tudo contra as circunstâncias", falou-me em Paris quando estivemos juntos daquela vez. O garçom nos servia do champanhe e ela agradeceu, *"merci, mon cher"*, olhando-o com firmeza nos olhos. Ele sorriu, discreto e formal como costumam ser os parisienses, abaixou a cabeça, retirou-se portando o guardanapo branco estendido no antebraço, e concluí que eles se conheciam além do bistrô, ou a tia acabara de transmitir esse desejo. Ela o acompanhou com o olhar, por segundos, e ele voltou a cabeça retribuindo o olhar tão logo alcançou o balcão onde deixou a bandeja vazia. Tia Inácia se dirigiu a mim, retomando o assunto:

— Mamãe foi digna representante de certa nobreza popular, não há dúvida. Dona de um *je ne sais quoi* irresistível. O problema é que não faz parte da minha natureza pertencer a *entourage*, e dona Emerenciana não admitia olhar para ninguém de igual para igual. Também não permitia felicidades particulares dentro da família. Nasci na época errada e no cenário equivocado, licença exageradamente poética do roteiro. Fossem outras as circunstâncias, fosse outra a ocasião, seríamos uma dupla invencível. Da maneira como se estabeleceram as coisas, restou-nos aquele eterno *tour de force*. Nunca ficávamos sozinhas em um mesmo ambiente por muito tempo, eu e mamãe, e esse foi o acordo tácito de uma vida inteira, nossa experiência de armistício. Ou nos faltavam palavras para ocupar o espaço entre as duas, ou as que se apresentavam eram fraudulentas. Tanto eu quanto mamãe tínhamos nariz apurado para fraudes, e não as admitimos. As palavras que evitariam a fraude seriam bélicas e nossa família não se arma para guerras internas, você sabe. Restava-nos cercar as palavras, sem chegar a executá-las, e eu precisava saltar aquela cerca à *tout prix*, antes de ser contaminada pelo legado familiar.

— Pouco se fala do meu avô, acrescentei, reconhecendo que estávamos há mais de uma hora evocando somente minha avó para tratarmos da família e do passado.

— Meu pai foi, à sua maneira, um *bon vivant*, se você quer saber. Nunca concordei com a ideia de que papai fosse um zero à esquerda naquela casa. Imagina! Eu e você, desertores, como eles chamaram, tivemos que correr meio mundo, nos afastar milhares de quilômetros e pagar o preço por alguma individualidade. Papai desertou e se excluiu sem caminhar um quilômetro de onde estava, não abrindo mão de uma mínima fração dos privilégios. Apesar de certa tendência *déclassée*, fez sempre o que quis fazer, não se comprometeu com escolhas, pouco expôs o seu ponto de vista, portanto a ninguém desagradou. Quando se cansou da personagem e do enredo, construiu o barco e desapareceu nas corredeiras do rio, sem comprometer sua *joie de vivre*. *Tu connais autonomie comme ça?*

Em Paris, tia Inácia era capaz de se dirigir a mim com frases inteiras em francês, nada preocupada com minhas relações com o idioma, e menos ainda com sua própria fluência. Sorri, estendi a taça do champanhe para o brinde e revi o avô sentado à mesa já trôpega do sítio no Céu Azul, atualizando a caderneta onde fazia a contabilidade das vendas do arroz, da cera da carnaúba e do gado de corte mantido nas terras do Rio Comprido, a muitas léguas do sítio, para os lados dos angicos. Para lá ele ia sozinho ou acompanhado apenas do vaqueiro de cá, porque minha avó considerava as terras distantes e sem infraestrutura para receber os demais membros da família, habituados a outro tipo de vida e aos confortos. Daquelas terras férteis, porém inóspitas, vó Ciana queria apenas os rendimentos. Quanto ao marido, "Jacinto calça as sandálias de São Francisco, que se pode fazer?".

Há algum tempo ela se ausentara até mesmo do sítio, às voltas com os procedimentos da cidade, o dia a dia da casa, o envolvimento com as festividades da paróquia e aquela vida social que, mesmo arredando o pé da Rua das Étoiles apenas para as obrigações religiosas ou para as cerimônias inevitáveis, fazia questão de manter. Os convites vinham de toda parte, ela gostava de repetir como fosse um mantra: "No mais das vezes é preferível brilhar pela ausência", permanecendo dentro de casa. A casa estava sempre aberta para tantos compadres, fornecedores, costureiras, mascates e mais recentemente para o grupo de pintura em cerâmica. Vó Ciana não tinha nenhuma aptidão para os pincéis e desconhecia a delicadeza dos traços, mas insistia nas oficinas em função do entra e sai de pessoas, agilizando o dia, fazendo correr o tempo.

Não era raro encontrar pelas salas mascates exibindo tecidos vindos do Oriente, lenços para os pescoços, presilhas de prata para os cabelos, perfumes importados, produtos de maquiagem que quase ninguém conhecia, cercados pelas mulheres encantadas com as essências, a delicadeza dos tecidos, o efeito imediato dos cosméticos. Todos passavam antes pela aceitação de minha avó, e ela não admitia ser surpreendida pela presença de quem quer que fosse, convidado à sua revelia. Na única vez em que dona Vitalina apareceu com duas parentas do marido, habitantes de outra cidade, sem avisar, vó Ciana as encarou com uma surpresa recriminosamente indisfarçável. Fatos assim não voltaram a se repetir.

As mulheres sentavam-se em círculo à volta da mesa onde desfilavam as peças, degustando os bolos fritos preparados por Tiana na cozinha de dentro, permanecendo assim mais próxima das novidades e das fragrâncias exaladas da sala. A vó apreciava, balançando-se na cadeira de pano, desconfiada da procedência dos produtos, mas satisfeita com a euforia das pessoas experimentando a ilusão de correr mundos sem abrir mão dos próprios cuidados; para aquelas mulheres, a única migração possível. Ela observava o espanto de cada uma, sempre que da mala do viajante saía uma peça surpreendente, quer pela utilidade, quer pela beleza das cores ou dos traços, quando então sorria, feito criança acompanhando os movimentos do mágico que tira lebres da cartola para encantar a plateia. Minha avó gozava a felicidade e o infortúnio com tal intensidade que fazia a vida dos outros parecer desbotada, e embora a mobília das casas de interior costumassem ser áridas em sua funcionalidade destituída de côncavos e macios, aqueles móveis, cadeiras, poltronas e todos os sofás cobertos por tecidos leves, e arredondados pelas almofadas de retalhos, envolviam nas penas de galinha e nas crinas de cavalo dos recheios quem os ocupasse. Vó Ciana não abria mão dos deleites na casa, sem vaidade, sem satisfações a dar, apenas pelo conforto.

Tudo convergia para ela. Se caçávamos, era em suas terras que caçávamos; havendo concerto, fazíamos os vocalizes sobre as vogais do seu alfabeto, sem interferir na partitura ou contaminar com letras desnecessárias a melodia.

Tia Inácia aparecia cada vez menos, de mudança primeiro para o Sul, e na sequência para os Estados Unidos, acompanhando o namorado americano. O relacionamento foi breve, entretanto a tia permaneceu por lá, seguindo poucos anos depois para Paris, de onde nunca mais saiu, a não ser para os passeios pelos vários cantos do mundo ou para cumprir os compromissos familiares que não chegou a abandonar por completo.

Tio Rodrigo dedicava-se à prática do remo com ambições profissionais. Começara os esportes interessado apenas em resultados estéticos e na hipertrofia dos músculos. Tão logo chegou a esta modalidade, tomou gosto pela rotina do esporte, a convivência diária com o rio, a lagoa e a enseada onde o praticava, remetendo-o aos banhos de domingo no interior, quando a água gelada o molestava e os hábitos pouco civilizados da família, passando de mão em mão os sanduíches e as coxas de frango empapadas na farinha, o incomodavam. Vó Ciana o repreendeu certa vez, dizendo que ele estava civilizado demais para os padrões da família e os compartilhamentos. Excesso de civilidade servia apenas para encobrir desinteresse pelo bem estar dos outros, desapreço pela vida alheia e disfarce para o egoísmo dos individualistas; "somos uma usina em funcionamento", não cansou de repetir. Agora, essas lembranças tomaram outro significado e a intimidade com a água que sempre nos caracterizou, o prazer do mergulho, dos banhos no rio, as cachoeiras de água gelada o contaminaram. Ao mesmo tempo, ele descobriu talento para o desenho e a confecção dos bancos móveis necessários para a estrutura dos barcos esportivos. A convite do instrutor do clube, de quem se tornara íntimo, começava sociedade numa empresa de construção de barcos para o esporte. Dedicava-se à atividade a maior parte do tempo, tendo viajado pela primeira vez para São Paulo, acompanhado do amigo, onde se realizava uma feira de esportes náuticos. Alguns anos mais tarde, mudaram-se para lá e constituíram família, adotando duas crianças em idade escolar — a mais velha se chama Emerenciana. Tia Hilda enviou-me a mensagem que não tive dificuldade em decifrar: "O *enfant gaté* finalmente *enfant terrible. Touché!*".

No sítio, o avô cultivava a horta, mantinha a criação dos pombos, ocupando-se de sua vida paralela. Vó Ciana tomou conhecimento do barco de madeira que ele vinha construindo no velho galpão, porém não deu importância. Conhecia o espírito empreendedor do marido, antevendo o resultado: a usina de mel, a criação dos pombos-correios, que, na prática, não chegou a se expandir, e agora a construção do barco, "com certeza uma canoa mal engendrada", além do breve período dedicado a resgatar o espetáculo das marionetes, chegando a reunir em casa alguns membros da família, que apenas constataram o fiasco das apresentações. Este, sim, um fracasso monumental. Não havia jeito de comunicar aos bonecos os gestos e as ações pretendidas por ele, confuso com a variedade de cordéis e indeciso quanto ao enredo dos folhetins. Ignorante da função, vô Jacinto não conseguia reconhecer e administrar a complexidade daquele sistema operacional. Acreditava tratar-se de um brinquedo de fácil manipulação, iludido pela beleza dos movimentos e pelo aspecto mágico dos espetáculos assistidos quando apresentados pelo sogro, exímio titereiro. Após duas ou três tentativas nervosas minha avó devolveu os bonecos para a arca de couro, um tanto para poupá-lo do constrangimento, outro tanto para poupar a si mesma, e ainda outro tanto para proteger as marionetes das mãos desarticuladas.

Em função dos fracassos vó Ciana não via no trabalho de marcenaria um investimento consequente. Não enxergava, por outro lado, justificativa para impedi-lo, "quem não tem o que fazer, para alguma coisa serve, e com o tempo livre que Jacinto tem no sítio dá para lenhar a madeira, fazer a colher de pau, bordar o cabo e convidar a vizinhança pra mexer o caldeirão", gracejava. Reconhecia fragmentos da infância nesses projetos disparatados e ela estava mais ocupada com os aviamentos da vida real. Ficasse ele com os devaneios. Ao se aborrecer com algum desmando doméstico, se acometida pelo tédio e a lentidão das horas, ou quando cobrava a si mesma a necessidade de se dirigir ao marido, o acusava de ter transmitido para Dália essa genética perversa que impedia a filha de amadurecer, cuidar da própria vida e se livrar dos comentários maledicentes. Tudo isso sem nenhuma intenção, nenhuma expectativa, a não ser cumprir o papel esperado das esposas atentas à vida do casal. Depois voltava a ignorá-lo durante longa temporada.

Ele resolvera silenciar. Não discutia nem se justificava. Adotou o sítio como porto, e ali revezava as tardes entre a manutenção do pombal, o treinamento dos pombos-correios e a pequena oficina de marcenaria onde construía o barco. A noite reservava para receber os amigos, quase todos moradores das redondezas ou funcionários dos sítios vizinhos, e sentavam-se no alpendre ou no terreiro para comentar o dia ou apreciar a noite. Nas noites de maior calor, e se havia lua, reunia dois ou três moradores e seguiam para a cachoeira do Sete Estrelo, de águas tão frias que só eram encaradas após a talagada da aguardente mantida resfriada entre as pedras da represa que se seguia à queda d'água, na mesma loca onde deixava refrescar as melancias. Então, despiam as roupas e se enfiavam nus, muitas vezes aos gritos, dentro do túnel gelado. Quando o avô Jacinto me convidou pela primeira vez para ir com eles, reconheci-me escoteiro daquela confraria, e me empertiguei. Acompanhando-o pela trilha que conduzia à cachoeira, no oco da noite, percebi, em todos nós, a natureza selvagem, e foi para sacralizar a selvageria da noite e dos homens que entornei numa única talagada a aguardente de cana com a qual o avô me recebia na tribo, a despeito da minha pouca idade.

Tia Inácia me trouxe de volta à mesa onde tomávamos o champanhe, em Paris. Ponderava que a mãe não estava correta na avaliação do marido. O negócio do mel não se profissionalizou por interferência dela mesma, ao não ver na empreitada atividade compatível com a importância que atribuía à família. Os pombos-correios cumpriram a finalidade: servir ao aspecto lúdico recorrente nos procedimentos do pai, e ele se misturava com as aves e voava com elas. Quem não se lembrava das jabuticabas que conseguira enviar para Rodrigo na sacolinha de couro presa aos pés de Esmeralda? Quanto ao teatro das marionetes, concordava com a inaptidão do pai no manuseio dos cordéis, chegava a ser engraçado, porém tratava-se de uma atividade descompromissada, como são os jogos e as brincadeiras em família, "Mamãe exagerou na seriedade daquilo." Lembra-se do próprio mal--estar diante dos comentários ao desempenho desastrado e de quando quase destruiu ela mesma todos os bonecos após ver a mãe encerrar a sessão com comentários depreciativos, apoderando-se dos fantoches, feito a criança emburrada que não quer compartilhar o brinquedo.

Meu avô esperou a noite de lua cheia e a Estrela Dalva fulgir para transportar o barco até o rio. Foi ele quem me ensinou a reconhecer estas estrelas, deitados ambos no terreiro do sítio no Céu Azul, onde o céu é um luminoso tecido bordado à mão. A Estrela d'Alva, os Três Reis Magos, as Três Marias, o Rosário de Nossa Senhora, este, a cara do terço de pérolas que tia Dália costumava levar no bolso do vestido, deixando escorrer entre os dedos todo o Primeiro Mistério, terminando no crucifixo dependurado, reproduzindo a imagem das estrelas superpostas lá em cima.

Os homens se reuniram para carregar o barco de madeira até a carroça. Leonildo tinha adicionado uma caçamba, adaptando-a para ser puxada por dois burros de carga. Numa gaiola de dois pavimentos, Esmeralda, a única pomba que restou da criação, também seguia, arrulhando de vez em quando o inusitado do passeio.

Contam que iam todos conversando, falando das caçadas, das pescarias e dos banhos de cachoeira no Sete Estrelo, das mulheres chegadas das redondezas para dançar no Salão da Princesa, dos estratagemas para apanhar a onça que aparecera no sítio, mas ninguém ainda tinha visto, reconhecendo apenas as pegadas e percebendo a agitação dos cachorros farejando bicho de outro porte e de outras quintas. Leonildo jurava ter reconhecido pelos da onça na madeira do curral e espuma da baba onde ficava o ninho de Itacema, a pata poedeira do sítio, cuja ninhada era consumida durante a noite, fazendo-a entristecer a cada manhã, comprometendo uma legítima vocação para a maternidade. "E onça come ovo de pata, Leonídio?", alguém perguntava dando linha aos devaneios de Leonídio, que os elevava ao mais alto, demonstrando um conhecimento das preferências gastronômicas animais surpreendente para quem se relacionava apenas com os animais domésticos, cujas preferências de paladar eram do conhecimento de todos.

Apenas o avô permanecia em silêncio, balançando a cabeça de vez em quando, sorrindo um riso distante a cada referência à fera, "uma onça nas minhas terras, veja só!", oferecendo o dedo através das tramas da gaiola para o bico de Esmeralda, voltando os olhos para o céu, de onde descia toda a claridade da noite.

Ao chegar, transportaram o barco para o rio e ajudaram-no a embarcar. Comemoraram com breves aplausos e goles de cachaça a placidez do barco sobre a água, a eficiência do trabalho de carpintaria. Um ou outro se ofereceu mais uma vez para acompanhá-lo na expedição, mas ele agradeceu e se despediu de cada um, com a certeza de que não tornaria a vê-los. Depois, abriu a gaiola e deixou que Esmeralda pousasse em seu ombro. Dali, ela vasculhou os arredores para se situar e permanecer orientada, fixando-se, em seguida, na corredeira do rio.

Ninguém se retirou até o velho, a pomba e o barco desaparecerem na curva à esquerda, a pouco mais de um quilômetro. Naquela altura, e vistos do pequeno porto, todos não passavam de um minúsculo ponto descendo lentamente as águas escuras, que apenas refletiam em distintos gomos luminosos a claridade da lua e o brocado de estrelas.

Decorridos seis meses do desaparecimento, vó Ciana solicitou ao prefeito que acionasse as autoridades para formalizar sua viuvez porque estava desagradável essa indefinição de estado civil e ela não estava gostando de ser alvo de especulações. O pedido tramitou por quatro semanas entre a cidade e a capital, a capital e a cidade, chegando até a capital da República. Ao final, apesar de jamais terem encontrado o corpo de vô Jacinto ou de Esmeralda, qualquer peça do barco e indícios de acidente ou naufrágio, ela foi declarada oficialmente viúva, escolhendo o dia do casamento para lembrar a morte do marido, mandando celebrar uma missa anual naquela data e baixando a tonalidade da cor de todas as suas roupas como era o indicado para a nova situação.

Essa missa, em intenção à alma do meu avô, foi realizada enquanto vó Ciana esteve viva. Apenas no último ano, acamada, ela não conseguiu comparecer, mas pediu que acendessem uma vela para ele embaixo do tamarindeiro; o canavial havia sido vendido para o vizinho da rua de trás e este talvez tenha sido o primeiro passo na direção dos novos tempos.

Em todos os sermões dessas homilias não faltaram louvações à personalidade rigorosa e atuante deste paroquiano, nem menção aos exemplos do marido dedicado e pai de família exemplar; minha avó não deixava de recomendar ao padre responsável pelos ofícios.

É necessário poupar os enterrados.

A mortalha de renda branca

Quando Sebastiana chegou à casa dos meus bisavós era pouco mais que menina. Veio auxiliar a avó Ciana após o casamento e acompanhá-la na nova moradia para onde se mudaram os recém-casados. O projeto de vida a dois não foi adiante porque minha avó não conseguia se desvencilhar da casa dos pais, afastar-se do pai e dos costumes que ajudara a fortalecer. Decorridos poucos meses de tentativa, o avô sugeriu o retorno para a rua das Étoiles, afinal era ali que a esposa permanecia a maior parte do dia, era lá que eles faziam as refeições, dormiam a sesta, passavam os domingos, e ele não via indícios de que a mulher fosse se adaptar à nova vida em um futuro próximo. Foi uma das poucas sugestões do meu avô acatadas de pronto. No mesmo dia se puseram de volta, sem trazer da casa nova qualquer coisa que não fossem objetos de uso pessoal. Depois a venderam de porteira fechada, toda a mobília incluída, provocando comentários dos convidados do casamento ao ver seus presentes parar nas mãos de pessoas a quem não foram destinados. Desde então, minha avó só abandonou a casa onde nasceu a passeio, contando os minutos para regressar e arrancar os sapatos dos pés.

O retorno foi comemorado com uma grande festa, onde o bisavô apresentou em público pela primeira vez o espetáculo das marionetes, matando a curiosidade dos que ouviam falar em bonecos cantores e animais de madeira e cerâmica protagonizando os saraus domésticos da família. Ficaram extasiados e durante muito tempo se ofereciam para novas audiências, quem sabe participar na operação dos enredos, na condução dos cordéis, contudo as apresentações continuaram restritas aos de casa e aos amigos próximos. Tiana afirmou raras vezes ter visto a excitação nos olhos de minha avó como viu nessa noite. De volta, ela aplaudia com entusiasmo a apresentação dos bonecos e a destreza do pai ao manipulá-los, exultando aos mínimos movimentos deles.

Embora tivessem outros criados na casa, ninguém pensou em se desfazer de Tiana. Ela demonstrara intimidade com as panelas, possuía excelente mão para os temperos e cozinhava cantarolando baixinho, irradiando discreta alegria e boa vontade. E, qualidade definitiva, considerava avó Ciana acima de tudo, tomando-a logo por sua senhora apesar de terem quase a mesma idade. Não tenho dúvida: sem pronunciar este nome para não comprometer a ordem das relações, Sebastiana foi a grande amiga que minha avó conheceu durante toda a vida. Dividiam os ingredientes das boas amizades: respeito, consideração, afeto, compreensão mútua e se ouviam atentamente uma a outra, por valorizar a experiência de cada uma. Essa facilidade de comunicação se fortaleceu com o andamento da vida e a maturidade. Tiana dividia com Socorro a ascendência sobre a avó. A avó a ambas escutava, e apesar de muitas vezes discordar da sugestão inicial e se contrapor, acabava acatando as opiniões das duas. Opiniões emitidas com discrição, porque tanto a Virgem como a criada conheciam — e experimentaram o efeito — um temperamento nada talhado ao cumprimento de ordens. Em criança, antes de acompanhar tia Dália pelas diligências, minha atenção se voltara para Tiana e eu a acompanhava com olhos acesos. Ainda agora posso vê-la socando no pilão de madeira a carne de sol para a paçoca ou transitando entre as cozinhas de fora e de dentro, enxugando as mãos no avental, sempre com pressa, mas sem deixar essa pressa desaguar em ansiedade ou qualquer coisa que comprometesse o vai e vem dos seus passos, ameaçando a tranquilidade de onde estivesse. De tudo se desincumbia, e identificava os temperos de qualquer porção de comida com os olhos fechados, deixando-nos impressionados com a precisão do paladar. Cozinhava as refeições do dia, cuidava da horta, fazia o chá de cidreira à noite para estimular o sono de quem quisesse dormir, orientava as outras meninas de criação, repreendia os mal-feitos, dava de comer na boca dos animais doentes, preparava o lambedor à base de mel e beladona para ventilar os pulmões, dispendia horas com minha avó no quarto de costuras, e embora não aparasse as crianças ao nascer, aprendera com a mãe o cuidado com as parturientes, preparando o banho de aroeira para auxiliar na cicatrização das mulheres. A mesma aroeira indicada para a filha de uma comadre que havia cedido às insistências sexuais do forasteiro, mas redimida ao encontrar um rapaz da própria cidade, cuja única exigência era desfrutar da pureza que a moça não tinha mais para oferecer. Tiana preparou a mistura a ser aplicada na noite de núpcias, restituindo a integridade do que não deveria ter sido laceado antes do momento oportuno. O casamento transcorreu sem incidentes, e a primeira criança chegou menos de sete meses depois, resultado da urgência própria dos anjos enviados pelo Senhor para pacificar a terra em tempos de vandalismo, ela explicou ao pai surpreendido pelo nascimento prematuro, levando-o a reconhecer neste filho os olhos crédulos que sempre foram os seus. O pai orgulhoso o ergueu nos braços, no meio do terreiro, embaixo do luarão, para consagrá-lo a São Jorge, montado no cavalo branco lá dentro da lua, escolhido como padrinho. Quando perguntei a ela se os dois continuavam juntos até hoje, Tiana respondeu daquele jeito bem humorado reservado para os dias de sol: "Se São Jorge não caiu do cavalo, se Deus não cochilou e o capeta não meteu o rabo...".

Ao cair um garfo no chão, vai chegar homem; se era a colher que caía, mulher. Se o talher caía virado para baixo, era falsa a pessoa que chegaria. Caindo virado para cima, de confiança. Sentindo arrepios em dias de calor, uma alma passou por aqui pedindo reza. Comer manga com febre enlouquece o juízo, e se alguma coisa a aborrecia além do razoável, Tiana tecia, recolhida, florezinhas para Nossa Senhora. "As florezinhas" era o termo usado para se referir aos sacrifícios que todos são obrigados a fazer em nome de um bem coletivo, a serviço das conveniências, do respeito e da solidariedade, por mais aborrecidos ou maçantes. "Em vez de reclamar, proceda, e faça do procedimento florezinhas para Nossa Senhora", ela dizia. Embora não fosse de se ajoelhar em igreja, e talvez por influência da dona da casa, via na preparação imaginária dessas flores para a santa o investimento de um crédito do qual poderia lançar mão em situações desfavoráveis adiante.

Não paravam por aí os conhecimentos de Tiana. Se alguém queria investigar o futuro e descobrir se iria chover no dia da tertúlia, bastava firmar o pensamento, fazer a pergunta lá dentro da cabeça e jogar a tira da casca de laranja numa ripa da casa. Ficando dependurada, garantia de bom tempo. Do contrário, chuva na certa. Às vezes, no arremesso, rompia um pedaço da tira de laranja e o que sobrava ficava pouco tempo pendurado, balançando e despencando na sequência. Tiana explicava: "A coisa parecia que ia para um lado, mas acabou tomando outro rumo", então se sabia: o dia amanheceria ensolarado, porém o sol seria encoberto por nuvens e à noite cairia chuva, prejudicando o passeio.

Tiana se mantinha o tempo todo ocupada, acudindo não apenas às necessidades, mas às vontades de cada um. Quando amoleciam nossos dentes de leite ela os arrancava com a linha de costura invariavelmente branca e os atirava em cima da casa, lá nas alturas, para o dente definitivo se tornar forte e resistente às mesmas sovas que acometem os telhados. Na festa do meu aniversário de dezoito anos me presenteou com um trancelim de prata, onde pendurou os dois primeiros dentes que caíram de minha boca quase ao mesmo tempo, em uma temporada de férias, e isso jamais esqueci.

Apesar de zelosa, não me permitia excesso de intimidade, mantendo-se àquela distância que nos faz enxergar o doce, sem dispor de braço para alcançá-lo. Eu insistia nas tentativas de aproximação e ela recuava de maneira quase imperceptível, mas definitiva. Não havia severidade em suas atitudes. Firmeza, porém, não faltava.

Aconteceu de tia Dália me contar o segredo que descobrira pouco tempo atrás. Na calmaria do quarto dos fundos,

Tiana preparava a mortalha com a qual queria ser enterrada. "A mortalha", tia Dália repetiu, apertando o meu braço, porque, como eu, conhecia a força dessa palavra. Nós temíamos escutar o canto do rasga-mortalha, um corujão viúvo que ao cantar sobre a casa anunciava a morte do chefe da família ou de quem o escutasse cantar por mais de uma vez. Foi assim na casa de Leontina. O rasga-mortalha cantou na véspera de desaguar a tempestade que inundou a trizidela, carregando seus pais com rede e tudo na enchente.

Ninguém sabia do procedimento de Tiana, apenas a tia que a flagrou borrifando com a fumaça do defumador um vestido de noiva estendido sobre o baú de madeira onde guardava as roupas antigas. Quando a viu terminar o serviço, guardar o vestido e retornar ao fogão, tia Dália voltou ao quarto, abriu o baú, revirou as roupas e encontrou lá no fundo, enrolado em papel celofane branco, o vestido.

Desde muito jovem Tiana preparava a peça com a qual queria ser enterrada, sem revelar nada a ninguém. Então sua mortalha não seria o camisolão usado pela maioria das mulheres conduzidas pela tia para o lado de lá. Não. Um vestido de noiva em cetim branco, debruado de flores, com apliques de cristal e pérolas de vidro, salpicado de miçangas e lantejoulas coloridas na barra e nos punhos. Tiana também tinha desejos guardados, cuidados expressos e alimentava caprichos, constatamos, eu e a tia. Fiquei surpreso porque o vestido acompanhava as mudanças do corpo e precisava ser continuamente reajustado, Tiana vinha engordando nos últimos anos; seu prazer em cozinhar se estendia ao ato de comer o que cozinhava. Se por convivência herdasse a longevidade das mulheres da família, ainda teria muito trabalho com ele; levaria toda a existência nesse processo de ajustar e afrouxar a mortalha. Numa caixa de bordados no fundo do baú, agulha, linhas brancas, alfinetes, fios de seda e retalhos de organza de seda que, segundo tia Dália, serviam para dar suporte aos apliques maiores, como fazia ela própria ao assentar motivos religiosos em suas anáguas.

Lembrei-me de tê-la visto algumas vezes costurando no quarto dos fundos, à luz da lamparina para não incomodar ninguém. Achei que cerzia os panos da casa ou ajustava bainhas das próprias roupas. Vestido de noiva nem passou pelo meu pensamento porque ela não dava confiança para homem nenhum e parecia não ter o menor interesse por esses afetos. Numa noite com cheiro de terra molhada depois da chuva, quando a gente apenas devaneava na cozinha de fora, esparramados nas cadeiras à volta do fogão à lenha, Tiana falou que é importante ser bom no correr da vida porque do contrário nem os vermes vão querer o seu corpo depois de morto, e não pode haver humilhação maior para um ente de Deus do que ser rejeitado pela terra: "Esse daí era tão ordinário que não teve serventia nem pros vermes embaixo da terra". Lembrava-se do finado Vitorino intacto no caixão cinco anos depois da morte, quando precisaram tirá-lo de lá para esclarecer arengas entre as três viúvas. Foi então que ela completou: "Quero estar limpa e asseada para receber o abraço da terra. Eu, que dou de comer a tantas criaturas enquanto estou de pé, desejo ser de boa refeição quando me deitar", e apenas a partir da descoberta de tia Dália percebi a pertinência do comentário. Ela havia aprendido com vó Ciana que os compromissos de uma existência não se extinguem com a morte, mas valem-se dela — e dos comemorativos —

para sacralizar a natureza daquela existência. Elas sabiam onde — e de que maneira — desejavam permanecer após o final. Alguém, para quem esses procedimentos posteriores não merecem importância, desqualifica, da mesma forma, a vida que levou. "Na aventura de viver, é a adequação do ponto final quem avaliza toda a experiência que o antecedeu", as duas conversavam coisas assim quando estavam entre elas.

Eu e a tia estávamos enganados num ponto: não era em segredo que ela costurava. Minha avó sempre soube destes afazeres, encomendando na capital rendas, bordados, lantejoulas, contas e fitilhos para serem aplicados no vestido, embora nunca tenha demonstrado interesse em acompanhar o processo de execução. Numa das últimas vezes em que recebeu o pacote com os adereços, a vó entregou-o para ela, sorrindo: "Esse vestido vai ficar mais enfeitado do que cruz de beira de estrada, Sebastiana." A outra também sorriu, saindo apressada com a caixa de papelão, desaparecendo no miolo da casa.

Foi a avó quem, ajudada por Das Luzes, vestiu o corpo de Tiana depois de retirar ela mesma o vestido do baú de madeira e mandar engomá-lo, no dia em que Tiana morreu de tanto rir após o pedido de casamento que Ditinho, o magarefe, lhe fez na única vez em que ela foi ao açougue escolher o mocotó, quando ambos já tinham cabelos brancos e artroses espalhadas pelo corpo. Sebastiana foi acometida por tamanha surpresa pela proposta do magarefe, que nem mesmo a lâmina mantida na ponta da língua para esses momentos de inconveniência masculina lhe serviu de socorro. Sufocada pelas palavras prisioneiras na boca, explodiu na gargalhada que só foi interrompida por duas golfadas de sangue, estremecendo todo o corpo redondo, fazendo-a despencar no assoalho do açougue respingado pelo sangue dos animais, à frente de Ditinho, que, de faca na mão, esbugalhara os olhos, surpreso e paralisado.

Também foi a avó quem acomodou entre as mãos cruzadas sobre o peito da criada o buquê de rosas brancas preparado por ela durante a tarde, sentada à sombra do tamarindeiro ao lado da cozinha de fora, para onde se virava à procura de Tiana, como fizera diariamente nas últimas décadas. Com um pedaço de filó, sobra da última reforma no mosquiteiro da cama de casal, improvisou o pequeno véu, envolvendo o cabelo de Tiana preso em um coque atrás da cabeça. E despediu-se dela com um beijo na testa descoberta.

Minha avó entristeceu após a morte de Sebastiana. Ela sobreviveu ao desaparecimento do marido sem sofrimentos exagerados, especialmente depois que a condição de viúva foi oficializada em cartório. A ausência da empregada, porém, remeteu-a a uma solidão desconhecida.

"Estou sozinha", ouvi-a dizer para dona Vitalina enquanto ambas se serviam do chá com bolo de milho preparado por Das Luzes na volta da segunda reza encomendada em memória de Tiana. O comentário causou estranhamento à vizinha. Ela considerava sua amizade incomparável à de qualquer pessoa, ainda mais de uma criada. Aborreceu-se. Eu também me surpreendi e indaguei a mim mesmo qual o papel que todos representávamos no grande espetáculo conduzido por minha avó. Ela sempre enalteceu a família e nos diferenciou dos demais, porém não era a primeira vez que eu tinha a mesma sensação: para Ciana, essa via eram duas paralelas independentes que não chegavam a se cruzar. Para minha avó tornara-se mais importante o reconhecimento público da união familiar, a ideia de solidariedade e afeto do que o correspondente real. Vó Ciana prescindia de nós, mas não prescindia da visibilidade pública, do reconhecimento das virtudes, da execução do ofício que se atribuíra. Tiana era peça fundamental desse enredo, preparando o cenário da trama apresentada por ela na ribalta, e as duas compartilhavam o resultado celebrando, entre risos e comidinhas, nos bastidores. Talvez não fôssemos efetivamente dignos de sua admiração, e sem admiração seus afetos não adensavam, embora cozinhassem em fogo brando.

— Seja mais imparcial, Ciana. Com o bem que todos lhe dedicam, como pode se sentir sozinha?

Minha avó olhou a vizinha com profundidade e cansaço:

— Não perca seu tempo, Vitalina, na tentativa de ser imparcial ou sugerir imparcialidade. Imparcialidade é uma pretensão que não se consegue alcançar.

Levantou-se, caminhou até o quarto e entrou, encostando a porta com ar de resto.

Éramos todos inaptos para oferecer-lhe algum tipo de segurança ou proteção. Ela podia proporcionar-se segurança e proteção com mais eficiência do que qualquer um de nós seria capaz.

Restava-nos aceitar sua solidão.

O sarcófago da rainha

"Até a natureza está inconsolável". O comentário passava de boca em boca dentro da casa lotada onde vó Ciana estava sendo velada desde a noite anterior. Ela morreu exatamente às seis da tarde. Temos esse registro, não apenas porque ouvimos a ave maria no alto-falante da igreja anunciando o Ângelus e o dobrar rotineiro dos sinos no campanário, mas porque tão logo ela deu o último suspiro tio Rodrigo arrancou o relógio da parede de cabeceira e o arremessou contra a parede de entrada do quarto, paralisando os ponteiros neste horário.

A chuva começou e não deu trégua durante toda a semana, mas isso não foi impedimento para a romaria que se fez desde então. "O céu está fazendo a faxina para recebê-la", comentava dona Vitalina, de olhos vermelhos e lenço no nariz, com todos os que vinham cumprimentá-la ao lado da cama de onde não saiu até o momento em que o corpo foi transferido para o caixão e levado à sala de entrada. Dona Vitalina, às voltas com problemas de saúde, abandonou as enfermidades, vestiu o vestido azul-marinho com o qual foi aliviando o luto do marido após o ano inteiro de preto fechado, e se posicionou ao lado da família, partilhando as condolências e agradecendo os cumprimentos.

Veio gente de toda a região e de outras regiões onde ela nunca botara os pés. Minha avó tinha um sem-número de afilhados, ao ponto de não conseguir nomeá-los, talvez sequer reconhecê-los, se os visse todos reunidos de uma vez. Muitos não contaram com sua presença na celebração do batismo, no entanto eram consagrados a ela pelos pais, ávidos por estabelecer algum tipo de vínculo com dona Emerenciana. Havia ainda os compadres de fogueira, adquiridos nos festejos de São João, quando a gente passava fogo usando as brasas da lenha, cruzando as chamas, criando esse parentesco fora da consanguinidade.

Eu queria passar fogo com Tiana e ser afilhado dela. Ela não aceitava por achar desrespeitoso, mudava de assunto e mandava que eu procurasse uma madrinha da minha iguala. Depois de certo tempo vó Ciana deixou de participar desse ritual porque, continuando naquele ritmo, a cidade inteira teria com ela algum tipo de parentesco, e ela nunca deixou de diferenciar os seus parentes de sangue dos parentes de fogo. Devotava aos parentes de fogo um sentimento de proteção exercido de maneira austera e afetiva, mas isso não deveria se misturar às relações sanguíneas, substrato do relicário e vitrine do seu desempenho.

Seus últimos dias foram serenos, depois de um período de definhamento. Após a visita de Lazinha e a entrega da chave da casa para ela, a avó tranquilizou-se e foi se afastando da vertente da vida, como quem se deixa levar por uma brisa suave, mas contínua. Tia Dália foi a única a reconhecer naquele inesperado frescor uma desistência, enquanto os outros se regozijavam com a aparente melhora.

A tia, que pouco entrava no quarto da mãe quando ela esteve acamada, e há anos não falava comigo sobre as diligências, disse baixinho, apenas para eu ouvir, após padre César dar a extrema-unção: "Não posso fazer o acompanhamento, senão nunca mais volto de lá. Mãe Ciana vai querer me levar com ela e ainda não chegou a minha vez. O marinheiro, lembra dele?". Depois, saiu de casa sem falar com ninguém, retornando apenas para a missa de sétimo dia. Nós a encontramos no adro da igreja do Perpétuo Socorro, encharcada pela chuva que só parou de cair quando os sacerdotes encerraram a liturgia. Desde então, e excetuando-se a pequena frase dita quando fui vê-la no asilo, tia Dália não dirigiu a palavra a mais ninguém.

Dentro de casa era grande a aglomeração. Das Luzes precisou lançar mão da experiência adquirida acompanhando Tiana, para dar conta de manter a mesa farta, o café aquecido e a aguardente fresca nos pequenos barris de madeira. "Atente aos *hors d'oeuvres*", tia Inácia recomendou. Das Luzes não compreendeu e continuou o serviço. Minha mãe fechou a porta do quarto que ocupava com o meu pai, e só saía de quando em quando para observar o rosto da avó Ciana, o próprio rosto amparado pela palma da mão aberta, numa expressão de desalento e perplexidade, com certeza à volta com a sua própria finitude e o destino inevitável de todos os reinados.

O caldo de mocotó foi substituído pelos caldos de legumes, os caldos de peixe e a canja de galinha, mais adequados à temperatura da região e ao processo digestivo dos comensais, de acordo com os novos costumes importados da televisão e do pequeno, porém persistente, fluxo de migração atravessado pela cidade nos últimos tempos. Na cozinha de fora, sobre brasas sem labaredas, os caldos e a canja se mantinham aquecidos sem exagero.

Tio Rodrigo acarinhava o rosto da mãe numa delicadeza de quem vela o berço. Percebi que nunca pensei em minha avó como a criança que ela um dia foi. Jamais cogitei sequer uma infância para ela, brincadeiras, cirandas, a própria inocência, como se a cabeleira prata, a princípio, e depois arroz, a pele do rosto azunhada pelo tempo, a acompanhassem desde sempre, e ela não tivesse conhecido outra idade. Nem quando o avô contou do azougue com o qual a comparou no dia em que se conheceram em volta do coreto da praça, vi no rosto corado da menina exibindo maçãs na bochecha, a mulher que aplicava os corretivos nos filhos dos compadres de fogo, que entrincheirava tia Dália contra os comentários públicos ou que me mandava lavar os pés e as mãos antes de deitar.

Dei-me conta da rigidez com a qual enxergamos cada fase da vida, e do quanto as segregamos atrás de citações repetitivas: "criança é assim, criança é assado, criança é daquele jeito acolá", dizemos, ao nos referir aos procedimentos infantis. Fazemos o mesmo com a velhice e os seus cansaços. Como se o adulto que classifica dessa forma fosse interplanetário, tivesse outra natureza e observasse a infância ou a velhice por um telescópio distante, descobrindo apenas agora, no comentário, do que se trata esta ou aquela etapa da existência. Alimenta-se a ilusão de que o fio de lã, longo ou miúdo, não integra o mesmo novelo, este aí que na sala de casa meu tio almofadinha vela com insuspeitado carinho, antevendo a falta. Ele, que dispendeu tanto tempo para abandonar o colo. Pretendi, naquele momento, libertar-me das idades e usufruir a liberdade dos movimentos para frente e para trás, projetando-me ou retrocedendo no tempo sem grande estranhamento ao voltar a cabeça para um lado ou outro, como fazia na gangorra inventada por tia Dália. Sem deixar de me reconhecer na espécie, aos cinco, aos vinte, aos quarenta, aos noventa e cinco anos, porque a existência, em sua integridade, é o próprio fio da trama.

Foi recostado no peitoril da janela verde, cujas folhas abriam para fora feito asas, que considerei pela primeira vez: a vida é uma breve precipitação da eternidade, e a eternidade desconhece infâncias, juventudes e velhices, toda ela raios e espectros e juventudes e descobertas, velhices e mistérios.

Às minhas costas os respingos da chuva umedeciam a camisa, amenizando o calor. Senti-me confortável para acompanhar mais um espetáculo se desenvolvendo no palco onde raramente me apresentei como protagonista, mas onde tantas vezes estive presente, exultando as apresentações.

A chuva variava de intensidade, porém não cessava em nenhum momento. Chovia o tempo todo, em concentração e silêncio. Apenas de vez em quando ouvia-se ao longe o rufar grave de um trovão. O trovão, em vez de antecipar raios e tormentas, ecoava a expressão gutural da terra, de cujos subterrâneos parecia emergir, reivindicando o cenário onde tudo se dava. Dos lados da Mumbuca, Raimundo Nonato falava do perigo de inundação, lembrando o aspecto alagadiço da trizidela. Assunta de Fátima não estava certa de ter trancado adequadamente a casa, na pressa em que saiu, e volta e meia encarava o céu na busca de sinais da mudança do tempo. Dona Rosa do Lutério temia a cheia do Pajeú da Cana. Este riacho, quando enche, não tem a menor consideração por ninguém nem por nada, carregando na enxurrada o que encontrar pela frente.

De dentro do caixão, vó Ciana permanecia alheia a tudo, distante de qualquer pedido de intervenção por acaso pretendido, e apesar do alheamento das feições, de uma quase acintosa isenção, poucas vezes a reconheci tão soberana. Foco dos olhares de lamento, excitação, respeito, lástima, e ultrapassado o processo miserável de morrer, restava o fato imponente e absoluto da sua morte. Minha avó estacara no centro da sala, feito uma sequoia centenária, apossando-se de tudo mais uma vez. E todo o resto, todos os demais, não passavam de prismas da luz branca daquela nascente.

Fixei-a bem. Na despedida de alguma coisa que ali não consegui perceber com clareza a fiz abandonar o caixão, levitar sobre ele e sobre toda a gente reunida. Numa derradeira inspeção daquele pequeno império, a conduzi pelas outras salas e os corredores, levei-a aos quartos de dormir, à sala de costura, à antiga saleta do fumo de rolo, à salinha onde se apresentavam as marionetes do seu pai, acompanhei-a à cozinha de dentro, à cozinha de fora, ao tamarindeiro, ao quintal que ainda se estendia até quase a rua de trás, piloto de uma espécie de aeromodelismo, com o qual minha alma agora agnóstica comparava o ritual de acompanhamento promovido por tia Dália.

Aos poucos, sem que percebesse, fui perdendo o controle sobre o itinerário. Abandonando o roteiro, e à minha revelia, vó Ciana agora pairava acima de tudo e a todos nós sobrevoava em liberdade, na recorrente insubmissão, ela mesma no comando dos cordéis, até se desintegrar no interesse de minha atenção volúvel dirigida à calçada.

Lá, o burburinho em torno do homem que tentava entrar. Vestia uma túnica branca quase a roçar o chão e vinha ornado com os colares de conchas e as pulseiras de ouro, fazendo-me reconhecer o dono do terreiro onde estivera com tia Dália e dona Vitalina na noite em que minha tia soltou os cabelos e dançou com a sua gente. Algumas pessoas o impediam interpondo-se entre ele e a porta de entrada, enquanto uma ou outra gritava palavras agressivas sem, contudo, encará-lo de frente, talvez temendo os feitiços atribuídos a ele. Tomei sua direção para liberar a passagem, mas fui precedido por tia Inácia que o cumprimentou com delicadeza, enquanto dirigia à turba um olhar de recriminação. "*Pardon, pardon*", ela repetia, conduzindo-o pela mão no meio de toda a gente até chegar à sala. Ele descansou a mão espalmada sobre a testa de vó Ciana e após alguns segundos do que imagino as elegias daquela fé, foi interrompido por padre César, que retirou, quase com displicência, sua mão.

Padre César se voltou para a família: "Vamos oferecer para dona Emerenciana um sepulcro dentro da Igreja do Perpétuo Socorro, próximo ao altar, ao lado das autoridades eclesiásticas. Será a primeira paroquiana a receber esta honraria em todo o estado."

Olhamos uns para os outros e apenas tia Hilda esboçou alguma surpresa, um breve sorriso, sargaço nos olhos de aquário. Era como se para nós, talvez para todas aquelas pessoas, não houvesse local mais adequado para abrigar o corpo de dona Emerenciana, e não nos tivéssemos dado conta até o pronunciamento do padre. Dona Vitalina apressou-se a fazer o sinal da cruz e a agradecer, em nome de todos, a homenagem: "Próximo ao altar do Perpétuo Socorro ela estará em local privilegiado para fazer a intercessão entre o Pai e o nosso povo", bradou, provocando aplausos a princípio tímidos, em seguida vibrantes ao contaminar quem nem mesmo ouvira a informação do padre, a avalanche de gente disputando a casa, a calçada, a frente da rua e parte da Ladeira da Boiada.

Aproveitando a agitação provocada pelos aplausos, doutor Hipólito Vinagre, candidato a prefeito nas próximas eleições, levantou o indicador para pedir a palavra. Tia Inácia se adiantou e sugeriu que se antecipasse em duas horas o traslado do corpo até o cemitério. O tempo não dava sinais de mudança, e a chuva, que não manifestava qualquer interesse em parar de cair, dera uma pequena trégua. Naquele momento apenas peneirava água sobre a cidade.

Padre César circundou o ataúde, borrifando com o turíbulo cada centímetro da madeira e do corpo da avó. O aroma do incenso de cravo inundou a sala, trazendo de volta os dias que antecederam minha primeira comunhão, quando tia Dália pediu permissão às freiras do colégio para eu presenciar a feitura das hóstias no convento, antecipando o milagre à minha espera a poucos dias dali. Eu iria conhecer a exuberância dos poderes de Deus ao ensopar de sangue aquela minúscula rodela de farinha no momento excelso da Eucaristia. Hoje, o aroma deste incenso, cada dia mais raro, transporta-me para um ambiente que, embora emoldurado, só consigo acessar através dos órgãos dos sentidos. Quando o alcanço tenho ganas de paralisar o tempo e permanecer ali, lambuzar-me dele, exaltar-me ou desfalecer, até tornar-me parte da fragrância; deve ser a isso que se chama nostalgia. Deve ser esta a região onde minha mãe decidiu habitar eternamente, e quando a veem passar mirando o espelho de prata do qual não se separa mais, não é ao rosto devastado que ela se dirige, mas ao passado, perseguindo o reflexo das imagens no vidro espelhado do retrovisor.

A chuva voltou a engrossar tão logo chegamos à rua, mas ninguém abandonou o cortejo. Embaixo do pálio, espécie de dossel de veludo roxo circundado por franjas de linha grossa, onde seguiriam padre César, o bispo dom Cornélio, as autoridades do governo e os sacristãos conduzindo os incensários, abriram espaço para que compadre Adamastor se achegasse com a tuba, na qual pontuava com sons graves e profundos o cortejo, protegendo da chuva o instrumento. A tuba, a menina dos olhos do maestro, fora presente da banda militar da capital, sendo retirada do estojo de couro e pelúcia apenas em ocasiões verdadeiramente especiais.

A alça do caixão foi pequena para tantos que desejavam segurá-la, mas apenas os homens da família transportaram o ataúde até o carro e do carro até o local do sepultamento provisório no cemitério, enquanto se aguardaria a autorização clerical para nova cerimônia na Igreja do Perpétuo Socorro. Chegaram a convocar o presbítero na capital a pedido do padre César, com o apoio de boa parte da diocese, porém a lei da Igreja permanecia canônica a respeito dessas regalias e a homenagem jamais chegou a acontecer, embora ainda faça parte da plataforma eleitoreira dos políticos que, sem considerar a passagem do tempo, investem nestas referências do passado, tentando, como disse minha avó para o padre

César referindo-se às inovações dos costumes, enfiar fé na misericórdia.

Tia Inácia não permitiu manifestações durante o sepultamento, a não ser as reverências anônimas, os aplausos descompromissados, as palavras de exortação vindas de toda parte e os lamentos de quem decidiu se expressar sem nenhuma conotação político-partidária. A despeito das recriminações de dona Vitalina, a tia fez vista grossa à presença de Zefira, muito idosa, amparada por duas de suas meninas, vestidas com discrição, apesar das bocas vermelhas de batom, acompanhando, de baixo da Mangueira dos Anjos, o sepultamento, bem ao lado de onde se postaram as Filhas de Maria, que rezavam um terço em voz baixa, alheias à aglomeração ao redor. Tia Hilda e tio Rodrigo não desataram os braços e lambuzaram as caras de chuva e lágrimas. Meus pais se achegaram a eles, e a família inteira deu-se as mãos, circundando o túmulo embaixo da chuva.

"*C'est fini!*", tia Inácia pronunciou, baixando os olhos atormentados de rímel.

Ao final, combinaram o reencontro na missa de sétimo dia e dispersaram-se. Meu pai pegou a estrada ao encontro dos compromissos de trabalho, acompanhado por mamãe que resolvera, de última hora, seguir com ele, fugindo da ausência de minha avó e da presença de todos os demais. Compadre Adamastor devolveu a tuba ao estojo de couro e a guardou no fundo do armário depois de constatar que a chuva não havia danificado o instrumento. Dona Vitalina tomou um longo banho de chuveiro para lavar o corpo e aromatizar o espírito, retornando, a seguir, à cama e às enfermidades. Das Luzes sentou ao lado do fogão de lenha na cozinha de fora e se pôs a pensar em como seria a vida na cidade natal, uma aldeia pouco distante dali, para onde decidira regressar. A irmã havia enviado uma carta do Rio de Janeiro exaltando as maravilhas da cidade grande, mas o Rio de Janeiro não passava de um desvario deslocado nas linhas do seu destino.

Decidi permanecer na cidade toda a semana. Ainda não sabia que o sítio do Céu Azul não existia mais. Ele foi vendido tão logo se oficializou a morte do meu avô, porque nenhum dos herdeiros imediatos se mostrou interessado em administrar aquilo lá. O mesmo aconteceu com as terras do Rio Comprido onde era extraída a carnaúba, e onde estive uma única vez.

A chuva molhou a cidade durante os sete dias, sem causar alagamento em lugar nenhum. O calor esmaeceu.

Permanecendo dentro de casa a maior parte do dia, dediquei-me a percorrê-la inúmeras vezes, indo e voltando pelos ambientes, pelo quintal, pelo tempo. A casa encolhera, havia murchado. Quase nunca correspondia à imagem que eu levara comigo, revelando-se acanhada para a movimentação daqueles anos, a profusão de acontecimentos, a exuberância dos espaços físicos, alegoria das minhas recordações. As recordações que não sobreviviam à prova da realidade atual, tão mais exuberante quando olhada em retrospecto.

Ou ao contrário. Talvez unicamente o distanciamento, cumprido o tempo, permita a visão abrangente do todo, reduzindo ou ampliando as dimensões fantasiosas, recolhendo cada coisa ao seu lugar. Submetido àquele mesmo cenário, tantos anos depois, talvez não fosse por uma questão de dimensões o desconforto e a desvalia, mas de inadequação ao cenário atual, às alterações do enredo, como se, com a garganta da maturidade tentasse interpretar o soneto que só viceja no lábio da infância.

Destituída destes excessos, e agora na ausência de minha avó, a casa, abatida no físico, ressentia-se também de alma. Não sangrava, a casa da Rua das Étoiles, a casa das eloquentes portas e janelas verdes, dos corredores infinitos, dos labirintos indecifráveis. Ela desvanecia sem sangramento, sem violência, sem acinte, feito o cenário iluminado de uma ribalta onde, ao final do espetáculo, vê-se esmaecer lentamente, ponto por ponto, lâmpada por lâmpada, a iluminação.

Sem alma, todas as peças sobreviviam para cumprir funções. As portas se abriam para dar passagem a quem precisasse se locomover, o telhado apenas recobria a construção, contribuindo para a arquitetura do imóvel. O imóvel não ultrapassava essa condição de imobilidade e as paredes, agora sem ouvidos ou voz, delimitavam espaços na distribuição dos cômodos, e só. Foram deportados todos os morcegos, despejadas as lagartixas, implodidos os viajumes de vento, antes até de soprar aragem e acompanhar o sol que, do lado de fora, esperava a abertura das janelas de madeira verde para invadir os ambientes dos quais tornara-se íntimo e onde era diariamente esperado com alegria, essa palavra toda azul. A presença da minha avó, entretanto, estava em toda parte, em cada escaninho da construção, azeite das dobradiças, chave de cada fechadura, no subterrâneo que subjaz em todas as ausências significativas.

Na casa dos meus avós, pela primeira vez sentia-me estrangeiro, como se me faltasse barro às sandálias. Não sei se eu, não sei se as paredes, talvez o excesso de dias e distâncias entre nós.

Na segunda tarde, dirigi-me à saleta onde ficavam guardadas as marionetes e entrei. Fui direto à grande arca de couro encostada na parede e abri a tampa. Não havia nada lá, a não ser as tiras de pano usadas para proteger as peças, evitando riscos na madeira entalhada e o desgaste das pinturas, de cuja delicadeza eu lembrava bem. Não havia nada do que eu procurava. Um único boneco, a torre do castelo, uma corda do violino, sequer. Escorri a mão por toda a extensão da arca para me certificar e fui retirando com pressa as tiras de pano e os retalhos de lençol recendendo a guardado, vez em quando a uma naftalina distante.

De repente, por baixo dos panos e dos retalhos, ou no meio deles, um pedaço da longa gravata de renda amarela, que reconheci fazer parte do repertório do Don Giovanni, o espetáculo preferido de minha avó. Tiras do casaco de veludo vermelho usado pelo camponês de barbas brancas, a personalização do bisavô. Eu os relacionava em função da mistura de austeridade e leveza que atribuía a ele, mesmo sem tê-lo conhecido, e via, também ali, no semblante do camponês. Tufos de cabelos pretos e grossos, pedaços de fios e cordéis, cacos da bainha da espada prateada com a qual o capitão dos mares esgrimia contra os piratas. Mas nem sinal do pirata perneta, cuja muleta eu costumava lustrar quando a avó permitia.

Debruçado sobre a arca, retirando fragmentos de peças, pedaços de tecido, bolas de papel amassado para a forração, cheguei a fotografias muito antigas da família, em tal nível de desgaste que precisei acender a luz e ajustar os óculos para descobrir quem eram as pessoas. Minha avó, uma menina acesa, risonha no vestido de folhos superpostos, meias brancas nos pés, ao lado do pai e da mãe. A bisavó Lama sentada na poltrona de retalhos, com os braços alongados sobre as pernas, as mãos quase alcançando os joelhos, parecendo desconfortável à frente do fotógrafo. A filha, a menina Ciana, de pé, encostada no braço largo da poltrona calçava sapato fechado, o pé fletido sobre o outro, e o pai por trás, levemente vergado, descansava a mão esquerda no ombro da filha e a outra no ombro da mulher. Enxerguei lá, no olho da menina, aquele olho de perguntas que o avô mencionou quando descreveu o primeiro encontro com ela. Se alguma coisa naquela fotografia permanecia imune aos anos eram aqueles olhos de metralhadora.

Abri uma folha da janela, permitindo a entrada de respingos da chuva junto à claridade, continuando a expedição.

No fundo do baú, fotografias diversas, todas elas da família: tia Dália, criança, sentada embaixo do tamarindeiro segurando o que parecia ser uma folha seca, as pernas alongadas formando um losango e os olhos voltados para o chão, com certeza acompanhando a movimentação das formigas. Tia Hilda vestida de noiva, olhando-se no espelho da petisqueira da sala de jantar, e sentada à frente da penteadeira do quarto, sorrindo para o fotógrafo através de uma aba do espelho móvel, tão confiante, tão desprotegida, tão inocente do futuro. Tio Rodrigo menino, pelado, mostrando para o fotógrafo um caminhão de madeira que mal cabia em suas mãos, na submissão arrogante de quem se exibe para a admiração. O flagrante de meus pais desembarcando do carro, quem sabe chegando para as férias, parecendo agitados, mas ágeis e bem dispostos. Vi-me ali, na passada larga do papai dirigindo-se para os cumprimentos na calçada, no exato movimento articulado de quem pula sobre uma poça d'água com segurança. Um carnaval onde tia Inácia simulava timidez escondendo o rosto atrás do leque na fantasia de japonesa. Avô Jacinto fumando charuto recostado no cajueiro do Céu Azul, e outra onde ele amarrava a mensagem na pata de um pombo-correio, concentrado, de costas para a câmera. Igualmente em suas costas largas vestidas pela camisa de mangas compridas apesar do calor, reconheci-me, compreendendo que a gente existe desde muito antes de nascer.

Eu não conhecia nenhuma daquelas fotografias, embora costumasse folhear os álbuns guardados na estante de livros. Foi surpreendente encontrar toda aquela gente na arca onde deveriam estar os bonecos das marionetes, não havendo como não relacioná-los então.

Não tive vontade de tirá-las de lá, resgatar as fotografias ou conversar com alguém a respeito. Da mesma forma, a ninguém perguntei sobre o destino dos bonecos; estive tomado por profundo cansaço.

Tia Inácia não voltou para a missa de sétimo dia porque tinha um compromisso agendado em Paris, e tia Dália só apareceu ao final da homilia, no adro, de cabeça baixa, as mãos cruzadas ao longo do corpo, encharcada de chuva.

Desde então ela praticamente abandonou a casa. Passava a maior parte do tempo no convento, na companhia das irmãs oblatas, auxiliando nos cuidados com a lavoura e as criações. Ocupava uma pequena cela, dormindo num catre ao lado da igrejinha, ou saía à noite para se deitar na terra, abraçando o desterro, porque se persignava a céu aberto. Cortou, ela mesma, os cabelos, na altura dos ombros, depois os subiu ainda mais, desnudando a nuca, onde desenhava, sem conferir o resultado, borboletas e girassóis a lápis de cor, a âncora e os fragmentos de um navio naufragado. Apenas quando deu de abandonar o convento e vagar pelas noites da cidade, na direção do rio para os banhos e as cantigas, foi encaminhada para o asilo dos loucos custeado pela paróquia.

Padre César trouxe da capital o psiquiatra, dando início ao tratamento, que na verdade consistia em deixá-la menos vulnerável ao que eles chamavam de insanidade.

A chave do castelo

— Essa casa tem caráter — minha avó repetiu em seu leito de morte, antes de entregar a chave da porta principal para Lazinha, que, sentada à cama, acariciava seu rosto com a ponta dos dedos. Estavam a sós.

A própria Lazinha me contou quando, atendendo ao inesperado chamado, tomei o avião, fui ao seu encontro e estivemos juntos na casa das Étoiles, onde ela morava então. Minha avó havia morrido há alguns anos. Eu acompanhara de longe o processo que resultou na doação da casa para sediar a instituição fundada por Lazinha. Apenas agora tinha a oportunidade de saber como tudo se dera.

Lazinha me falou sobre o encontro com a vó Ciana, pouco antes de sua morte. Haviam decorrido mais de quarenta anos desde a última vez em que se viram, exatamente ali, no mesmo quarto de casal onde se encontravam agora. "A única diferença eram as rachaduras no cimento do piso e nas paredes", comentou, antes de lembrar o momento em que fora expulsa da casa. Naquele outro dia, vó Ciana estava sentada na cama, recostada na cabeceira, tinha as pernas alongadas no colchão, um pé aflito sobre o outro pé igualmente nervoso, a espinha alinhada, e expulsara Lazinha, os pais e o filho escondido na barriga, apontando o caminho da rua. Houve austeridade na voz e no gesto onde agora existiam murmúrio e passividade, o dedo que apontara a porta paralisado pela isquemia, a voz que gritara "rua" fragilizada nas cordas vocais.

Mesmo o porte altivo de minha avó não existia àquela altura, Lazinha ressaltou. Os olhos dela encontravam mais conforto na visão da cumeeira e das paredes à meia distância do que na proximidade dos contatos, sempre solicitando um foco cansativo, difícil de manter, toda ela voltada para a perspectiva da existência, tentando refazer o trajeto pelos labirintos da casa; completaria noventa e cinco anos dali a pouco e estava enovelada pelo silêncio da idade.

— A casa é sua e de suas meninas — disse mais uma vez, alcançando um tom distante da antiga verve, mas autoritário o suficiente para ser definitivo.

"Recebi a chave com a mesma devoção com que recebi o crucifixo de prata enviado por ela ao descobrir meu paradeiro depois que abandonei a Mumbuca".

O crucifixo de prata pendurado a uma corrente de ouro branco era uma antiga joia de família. Veio de Portugal com a primeira geração de emigrantes e foi usado na cerimônia de todos os casamentos desde a mãe da bisavó Lama. O gesto de presentear Lazinha com ele significava muito. Enviando o crucifixo, vó Ciana afirmava estar de acordo com o casamento que não chegaria a se realizar porque o noivo não existia mais. Demonstrava aceitar Lazinha na família, queria-a de volta, estava arrependida, e no momento ela mesma ocupava o lugar da Senhora do Perpétuo Socorro no episódio que a levou à degola. Quem sabe, cogitava perdão.

Ainda não era o suficiente. Agora a entrega da chave da casa. A casa da Rua das Étoiles. Ela a mantinha embaixo do travesseiro desde que se levantara da cama pela última vez, caminhara com dificuldade até a porta da rua e a tirara de lá. Uma entrega simbólica, porque havia trâmites a percorrer, e os filhos ainda não haviam se manifestado a respeito. Contudo, ela vinha tentando convencer um a um de que uma propriedade vale mais pelo que testemunhou do que pelo que ostenta, e a casa hoje em dia valia basicamente pelo terreno. Que por sua vez não valia grande coisa naquele fim de mundo. Há anos sem manutenção, a casa vinha morrendo em pé feito vela acesa, ela comparou, dirigindo-se a meus pais, a quem queria como aliados. Havia infiltração por toda parte e as goteiras mudavam de lugar com a velocidade das lagartixas de tia Dália. Ela não reconhecia em nenhum dos filhos interesse pelas histórias entranhadas naquelas paredes. Acreditava que todos eles ao olhar para as paredes da construção enxergavam unicamente a cor da tinta e as condições estéticas. Todos incapazes de compreender os rebocos e os interstícios. Todos incapazes de varar concretos e reconhecer a força silenciosa do tempo.

Conhecia o trabalho de Lazinha, voltado para crianças carentes, na instituição mantida por doações chegadas em conta-gotas: a Casa das Marionetes.

Lazinha havia criado um espaço de convivência onde as crianças eram alfabetizadas, estimuladas à leitura e a várias manifestações artísticas: teatro, dança, evoluções circenses e o teatro das marionetes. Os profissionais eram voluntários da própria cidade e das redondezas, professores, técnicos, alguns artistas mambembes de passagem, ciganas habituadas à leitura das cartas, gente que oferecia as habilidades em troca de alimentação ou pousada na noite. O nome, Casa das Marionetes, uma homenagem à família que a acolheu ainda na adolescência, levando-a a descobrir o talento para as artes, a leitura e as representações, e onde conheceu estes bonecos com os quais associou a condição humana, dizia sempre que respondia aos jornalistas a respeito do trabalho.

O projeto tomou repercussão nacional porque Lazinha conseguira fazer a ponte entre a produção das meninas bordadeiras e comerciantes de capitais europeias, desenvolvendo em cada uma a consciência do trabalho e o reconhecimento do próprio talento, determinante para a profissionalização da atividade. A pequena sede ficava em uma cidade próxima, para onde Lazinha se mudara ao decidir se fixar em um único lugar. Precisavam de um espaço maior para acomodar todas as atividades. A instituição expandia-se.

Vó Ciana pensou em fazer doações, enviar recursos, mas foi informada de que havia pouco para disponibilizar. Sua influência tinha sido calcada em prestígio, não em dinheiro, e prestígio não faltava à organização. Para minha avó restava apenas a casa. E a casa teria a oportunidade de reviver. É da natureza desta casa a ressurreição, ela dizia para si, acompanhando da cama os efeitos do tempo aliados à falta de manutenção, rachaduras descendo do telhado ao chão, a umidade distribuindo bolor pelas paredes.

Lazinha me contou que entendeu de imediato a mensagem de muitos anos atrás, ao receber o crucifixo de prata, entretanto não estava preparada para retroceder, voltar à casa de onde havia sido expulsa, sequer encarar as pessoas. Determinara-se a levar a vida por conta própria, ser ela mesma a árvore a dar sombra, diferente de Ciana, que se contentava com a sombra de árvores robustas, porém estrangeiras. Lazinha queria ser o fantoche a abandonar a caixa de brinquedos, assumindo os cordéis, enfatizou. Não havia casado novamente porque creditava a tio Bernardo o seu quinhão de felicidade amorosa, aqui não é o paraíso, não havendo por que exigir da vida além do possível. Estava satisfeita e dispensava comparações. "Seu tio foi um pássaro que não precisou de asas para voar", falou com uma voz muito calma, definindo-o, e eu compreendi, porque sempre o imaginei alado com as asas de algodão.

A mulher que de certa maneira domara a impetuosidade de minha avó ostentava placidez surpreendente para alguém que na minha imaginação era pura febre.

Quando estivemos juntos na casa, constatei sua serenidade ao conduzir as atividades do dia. Parecia mais jovem do que verdadeiramente era, e ao contrário de minha avó, comportava-se como músico de uma mesma orquestra e não como o maestro a reger os instrumentos. Conservava traços da beleza que surpreendeu a família décadas atrás, embora se movimentasse com lentidão devido à artrite adquirida na juventude.

Mostrou-me os objetos dos malabares, os balanços armados no tamarindeiro, os livros espalhados pelos ambientes, o tear, as máquinas adquiridas para agilizar a produção das mantas e dos cobertores, as aplicações feitas à mão no filó dos mosquiteiros de crianças e nas cortinas de renda, nada além de reverências à beleza e à magia.

Contou-me dos filhos que haviam partido. Com tio Rodrigo não chegou a firmar relações. Ele não atendeu às tentativas de aproximação e ela desistiu de procurá-lo, após enviar a última carta manifestando o desejo de estar com ele e colocando-se disponível para atendê-lo quando ele tivesse vontade; um momento que nunca chegou. O filho do meio vivia em turnês pelo mundo, trapezista de um circo internacional, em vias de se aposentar. Com Bernardo Filho, o caçula, havia se desentendido desde que ele passou a exigir interferência da Justiça para reivindicar os direitos conferidos pela paternidade, ainda na adolescência. Lazinha não apenas desconsiderou as exigências como proibiu que ele fizesse isso por conta própria. Bernardinho emigrou para a Colômbia, onde casou e teve filhos, investiu no comércio de entretenimento e suas notícias tornaram-se cada vez mais raras.

Apontou-me os estragos da casa e eu percebi de imediato a falta de recursos para os reparos e a manutenção, colocando-me à disposição para ajudar. Adquiri um carnê de doações e tornei-me contribuinte.

Se estivéssemos ensaiando alguma apresentação artística, eu diria que meu encontro com a mulher do meu tio Bernardo foi um ensaio técnico. Agradável, surpreendente, ajustado, técnico. Há muito a realidade havia me alcançado. Eu encontrava pouco lenitivo nas evocações e em meu próprio memorial; já não era criança e ainda não havia envelhecido o suficiente.

Despedimo-nos com um aperto de mão encorpado, após ela pedir para conduzirem a arca de couro até a calçada. Finalizou dizendo que aquela casa estava fundada em bases sólidas e "você faz parte dos alicerces". Gostei de ouvir isso. Abraçamo-nos à porta.

Saí da casa, atravessei a rua e fiquei olhando do lado de lá. Aparentemente nada havia mudado na fachada, na angulação com a Ladeira da Boiada, na altivez das portas e janelas verdes. Caminhei devagar até a esquina para acrescentar à fachada a visão lateral: as cinco janelas guarnecidas de balcões protegidos por gradis. A madeira estava gasta, rachada em vários pontos e parte da pintura da parede descascava. De onde eu via, entretanto, tudo se disfarçava na eloquência do quadro, e consegui, ainda uma vez, imaginar vó Ciana ao vento da madrugada por trás das cortinas enfunadas, vestindo o penhoar de seda azul-esverdeado, presente de tia Inácia, em cujo tecido o próprio vento desenhava nebulosas. Por breves segundos. Os suores de um sol vigoroso logo realçaram o desconforto e eu me voltei para o físico. O meu e o da cidade. Enxuguei o suor do rosto com o lenço tirado do bolso, mas retomei o olhar.

Praticamente tudo estava ali. Fora derrubada uma única parede: a que separava a sala de fumo da saleta onde era apresentado o teatro das marionetes pelo bisavô. O canavial há muito fora vendido para o vizinho dos fundos, mas a copa do tamarindeiro ainda podia ser vista do lado de cá da calçada.

Praticamente tudo permanecia ali, a casa em pé. Porém, a parte que não estava, a parede posta no chão, a madeira trincada e gasta, o alicerce vilipendiado ameaçando a segurança da construção, minha tia recostada na porta verde convocando-me em silêncio para as diligências, tudo isso que não estava ali, excluía-me, igualmente, do cenário.

Despedi-me. Trouxe o lenço de volta ao bolso da calça e com a ajuda do único neto de dona Vitalina ainda residente na cidade coloquei a arca de couro no porta-malas do carro alugado e retornei para o aeroporto da capital com a certeza de jamais retornar à Rua das Étoiles.

O tempo havia mudado o curso do rio, e nas margens crescia uma vegetação às avessas.

Quando, no segundo voo, o avião decolou para atravessar o oceano rumo à minha própria casa, a necessidade de partir arremeteu junto com ele.

O fim do primeiro ato

Um bom dia para ser vivido pode ser um dia em que não nos damos conta de que se vive. Um dia onde a bonomia das horas nos torna surdos aos ruídos do corpo, aos movimentos da respiração e nos faz esquecer que precisamos articular pernas para caminhar, mover peças para chegar ao final do campeonato, proceder adequadamente para sermos reconhecidos como cidadãos de bem.

Vivia um desses raros dias de inexistência, quando, no meu apartamento em Madri, zapeando os canais de TV, deparei-me com a fachada da casa na tela de muitas polegadas. Apesar da mudança de cor das paredes, da catarata para cuja cirurgia agendei a semana seguinte, e antes de ler o letreiro do neon apagado tomando quase toda a fachada, reconheci: a casa da rua das Étoiles.

Levantei-me e cheguei próximo à televisão. Nunca conheci em profundidade os céus do Brasil, pouco caminhei naquelas terras, de onde me ausentei há anos; mas conheci este céu que, projetando-se da tela da TV, tornou azul a sala aquecida pela calefação.

O repórter abriu as duas folhas largas da porta de madeira e a câmera invadiu, numa grande angular, a primeira sala, resplandecendo a madeira do piso, revelando a porcelana japonesa sobre a petisqueira de imbuia no centro da parede entre as portas dos quartos, iluminando o majestoso lustre de cristal, seguindo pelas outras salas, os corredores, quartos, ultrapassando a cozinha de dentro, apresentando a frondosa sombra do tamarindeiro, até fechar o close na copa verde contrastando com o azul que só sobrevive sobre aquele quintal.

Afastei-me um pouco. Precisei de algum tempo para compreender a narração alemã, na reportagem que agora retornava ao local à noite, onde funcionava o bordel mais aclamado de toda aquela região brasileira. Instalado em uma antiga casa de arquitetura europeia, restaurada, mas conservando o que foi possível da versão original, a Casa das Étoiles tornou-se um marco no mercado de entretenimento do país. Em função da qualidade das instalações, do bom gosto da decoração e do nível das mulheres que circulam por ali, conhecidas por marionetes, a casa equipara-se às melhores do gênero localizadas em centros bem mais sofisticados do que aquela pequena e desconhecida cidade da América do Sul.

Entrevistado pelo repórter alemão, Bernardo Filho, que identifiquei pela legenda sob a imagem, proprietário do cabaré, mostrava-se satisfeito pelo sucesso do empreendimento, encarando a câmera da TV com desenvoltura. Fazia questão de ressaltar os profundos vínculos que o prendiam à construção, desde muito antes do próprio nascimento, em função dos acontecimentos memoráveis que aqueles cômodos testemunharam, compondo o mosaico do memorial familiar. A família à qual orgulhava-se de pertencer, enfatizou, apontando as fotografias antigas, em molduras variadas, distribuídas pelas paredes. Na maior delas, vó Ciana destacada pelo spot circular da luminária.

Seguiram-se entrevistas com duas ou três mulheres muito maquiadas, sorridentes dentro de rímel, blush e batom, vestindo fantasias que a conservadora televisão alemã não permitiu apresentar na integridade. A reportagem foi encerrada com trechos do espetáculo daquela noite: a apresentação das mulheres-marionetes, *pièce de résistance* da casa, diria tia Inácia, se estivesse ao meu lado. No repertório da noite, duas delas se apresentavam em balanços despencando do teto sem forro presos a cordas fosforescentes simulando cordéis. Evoluíam em coreografias felinas e lúbricas. Outras executavam movimentos sinuosos pelos caibros no alto, forrados de veludo grená, usando máscaras de leopardos, garras metálicas no lugar das unhas das mãos, e de novo ali estava eu, deitado na cama do segundo quarto, com as mãos cruzadas sob a cabeça, acompanhando a vida acrobática dos morcegos, aguardando a chegada das lagartixas retardatárias, atento aos pombos arrulhando nas cumeeiras.

Desliguei a televisão e entrei no quarto de hóspedes do apartamento. Abri o armário e a tirei de lá. Finalmente abri a arca de couro entregue por Lazinha, a pedido da vó Ciana, ao final de minha visita há tantos anos.

Olhei com a calma dos aviões que, ao amanhecer, navegam sobre o Atlântico em céu de brigadeiro, transportando a inquietação dos homens — e os seus brinquedos. Estavam todos ali: o pirata perneta e a muleta agora trincada, o camponês de barba branca remetendo-me ao bisavô pela austeridade e doçura que eu lhe imputava, a grande águia e o duende em voo, os pombos-correios, os passarinhos, tupinambá, o capitão dos mares e sua espada, a galinha de colorida penugem, a torre do castelo, a sacerdotisa, o barco de madeira, o bobo da corte com a pantalona novamente roída na perna esquerda.

— Estavam à sua espera — Lazinha falou, ao constatar a emoção com que estreitei nos braços todos os bonecos que consegui abarcar, naquele dia.

Depois de reencontrá-los, os guardei, um a um, na arca, com a convicção de que a partir daquele momento estariam em minhas mãos os cordéis, e eu nunca mais precisaria desgastar-me nem me ausentar à procura de companhia. Minha avó havia confiado a ela essa entrega. Creio que não entrou em contato direto comigo porque queria forçar minha volta a casa e o encontro com Lazinha e a instituição. Ou talvez já não tivesse condições físicas para isso. Ou simplesmente resolvera interferir do modo que julgou conveniente, alheia às lógicas e às facilidades dos novos tempos, como foi desde sempre seu modo de proceder.

O epílogo

Há tempos preparo-me para a apresentação desta noite. Há muitos anos. Desde sempre me preparo. Receberei os amigos acumulados por aqui desde que cruzei o oceano no sentido inverso do bisavô Gadara, e não pretendo repetir a performance desastrada do avô Jacinto. Não tenho a sua inocência, não usufruo do seu despudor nem alcancei tamanha isenção. Trata-se do meu aniversário, desejo a noite agradável da calçada da casa dos meus avós, e as diligências.

Todas as peças das marionetes estão dispostas dentro da caixa de madeira confeccionada no longo tempo que venho dedicando à oficina de marcenaria. Outra parte de tempo reservei para o manuseio dos cordéis. Encontrei um jovem titereiro na cidade e passamos tardes inteiras às voltas com os bonecos e as visagens. Para ele conto todas as histórias e o vejo interpretá-las com os fantoches, apresentando-as para mim. Apreciamos especialmente os banhos noturnos no rio e as excursões à cachoeira do Céu Azul, ele pendurou no centro do palco uma lua crescente de isopor. Sob o efeito da iluminação, a lua vai encorpando no decorrer da apresentação, até alcançar o plenilúnio. Na cortina de filó lilás, separando a caixa do público, apliquei fitas, fitilhos, confetes e franjas tecidas por mim mesmo. Recortei estrelas prateadas e as salpiquei no tecido; ocupo-me, também, dos artesanatos. Cuidei da sonoplastia e da trilha sonora: cantigas tristes de amores desfeitos, viagens sem volta, abandonos, órfãos, marinheiros e luas.

Confiro as peças dos fantoches que trarei à cena neste repertório, uma a uma, embora cada uma seja tantas e tantas e tantas.

Acendo as primeiras luzes da sala do apartamento, não demora a anoitecer, o inverno instalou-se por aqui e é tão bem-vindo. No som, os primeiros acordes de Don Giovanni, a ópera preferida de minha avó. Abro as cortinas da sala e observo o vai e vem de pessoas fazendo vibrar a Gran Via nos dois sentidos. As noites de Madri estão sempre estreando, e de casa cheia. A rua das Étoiles descortina o cenário que conduz ao sem fim do mundo. É inevitável perceber que me sinto extraordinariamente confortável. Daqui a pouco todos os convidados terão chegado e daremos início ao espetáculo.

Antes, repouso na palma da mão a sacerdotisa no vestido de veludo preto. Seu cabelo escorre pelas costas, fios despenteados escorregam entre meus dedos e os olhos são seriguelas de vez. Os lábios de porcelana movimentam-se para articular a frase repetida por tia Dália quando eu já lhe dava as costas, ao final de nosso derradeiro encontro: "Todos temos os ventos internos, lembra? E algumas vezes eles sopram demasiado forte".

PANO

"*Só falarei palavra enquanto permanecer lagartixa, mas continuo ansiando silêncio, chuva e ventos alísios. Janelas fechadas, embora frinchas e frestas por onde escorregar uns raios. Balão flanando sobre rio de corredeiras e algum remanso, acompanhando cá do alto o movimento de peixes e o desencontro das gentes e das embarcações.*"

DÁLIA EKMEDJIAN

Este obra foi composta em Electra e
impressa em papel pólen soft 80 g/m²
para editora Reformatório em março de 2015